달빛
조각사

달빛 조각사 33

2011년 12월 27일 초판 1쇄 인쇄
2011년 12월 30일 초판 1쇄 발행

지은이 남희성
발행인 이종주

기획 팀 김명국
책임 편집 이세종

발행처 (주)로크미디어
출판등록 2003년 3월 24일
주소 서울시 용산구 원효로97길 46 5층
Tel (02)3273-5135 Fax (02)3273-5134
홈페이지 rokmedia.com · **E-mail** rokmedia@empal.com

ⓒ 남희성, 2007

값 8,000원

ISBN 978-89-257-2171-2 (33권)
ISBN 978-89-5857-902-1 04810 (세트)

이 책은 (주)로크미디어가 저작권자와의 계약에 따라
발행한 것이므로 본서의 내용을 무단 복제하는 것은
저작권법에 의해 금지되어 있습니다.

작가와의 협의에 의해 인지는 생략합니다.
잘못된 책은 바꾸어 드립니다.

남희성 게임 판타지 소설

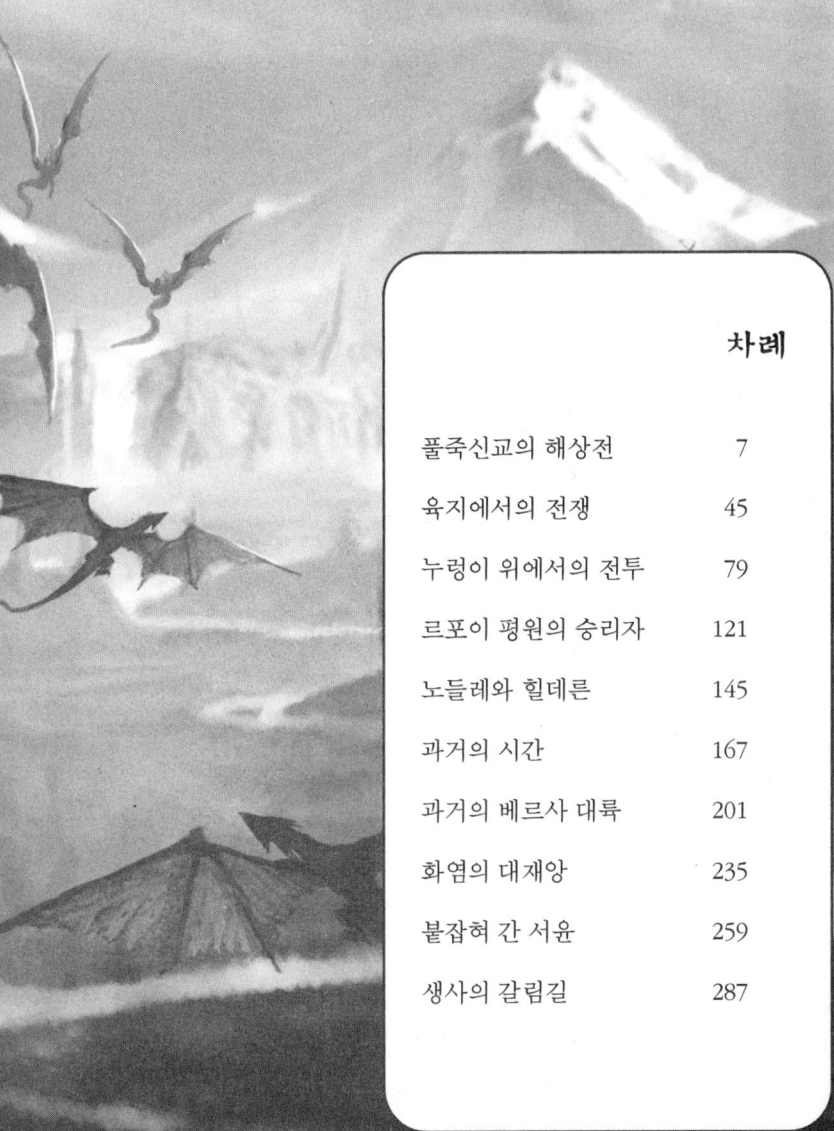

차례

풀죽신교의 해상전	7
육지에서의 전쟁	45
누렁이 위에서의 전투	79
르포이 평원의 승리자	121
노들레와 힐데른	145
과거의 시간	167
과거의 베르사 대륙	201
화염의 대재앙	235
붙잡혀 간 서윤	259
생사의 갈림길	287

풀죽신교의 해상전

헤르메스 길드의 아르펜 왕국 침공!

그들이 다스리는 하벤 제국의 군대가 북부를 향한 원정길에 올랐다.

일부는 육상으로 이동하여 대륙을 가로지르고, 삼분의 일 정도의 병력은 배를 타고 북부에 상륙하는 작전이었다.

기병들과 보급을 위한 마차 부대와 중장갑 보병, 해상으로는 100여 척에 달하는 대형 범선들이 돛을 펼치고 위풍당당하게 하벤 제국에서 출발했다.

"이만하면 북부를 점령하기에 충분할 것입니다."

"아예 싹을 밟아 놓을 필요가 있지요. 지금까지는 우리 헤르메스 길드가 물밑에서 여러 방면의 일을 벌이느라 참아 왔지만, 대륙 전체를 도모하고 있는 이상 어중간하게 망설이지 않아야 합니다. 더 이상 일어나지 못할 정도로 위드가 이룬 것들을 파괴해 버려야 됩니다."

헤르메스 길드의 수뇌부에서는 승리를 확신했다.

아르펜 왕국의 병력은 사실 보잘것없었다.

초급 기사단 하나에, 왕국 전체에 흩어져 있는 군대를 전부 모아도 2만 명 이하라는 보고가 들어왔다. 아르펜 왕국은 생겨난 지 얼마 되지도 않았을뿐더러 문화와 경제력의 발전도가 높지만 군사적으로는 일천했다.

하벤 제국에서 북부로 보낸 군대는 기사단 둘에 마법병단 하나, 병사들은 7만 명이나 되었다. 최정예 병사들로만 구성되어서, 실질적인 전력은 비교조차 되지 않을 수준이었다.

"북부 원정의 지휘관으로는 누구를 보내야 하겠습니까?"

공성전이나 평원에서의 회전!

광활한 영토를 두고 벌이는 전쟁에서는 지형이 절대적으로 고려될 뿐만 아니라 병력의 배치와 운용 역시 중요한 부분이었다.

위드를 물리치고 북부 대륙을 통치할 수 있는 기회이기 때문에 헤르메스 길드에서는 상위 랭커들이 서로 지원을 했다.

"그래도 위드만큼은 만만하게 봐서는 안 됩니다. 최근에 로드릭 미궁을 파헤치면서 보여 주었던 여러 능력들은 방심할 수가 없을 것입니다."

"이번에도 패배한다면 그 수치와 모욕은 씻을 수가 없을 겁니다. 무조건 이길 수 있는 이를 보내야 합니다."

"위드와 지략을 겨룰 수 있을 만큼 뛰어난 자라면 렌슬럿이 있지요. 전투에서의 수비 능력은 모르겠지만 공격성만큼은 확실하니까요."

"그라면 충분히 믿을 만합니다. 우리 헤르메스 길드에서도 최상위 랭커이고, 대규모 전투 경험도 많으니……. 하지만 대륙 정복이 이루어지고 있는 지금 시점에 그를 북부까지 보내야겠습니까?"

"해군 제독 드린펠트와 크레마 기사단의 단장이었던 폴론의 실패도 감안할 필요가 있습니다. 위드가 네크로맨서의 힘을 일으키기라도 한다면 전쟁에서는 쉽지 않은 상대가 될 것입니다. 길드 소속 네크로맨서들의 보고에 따르면 위드가 일으켰던 전력은 대단한 것이었다고 합니다."

"방송으로 보았을 때에도 충분히 놀라웠지요."

"혼돈의 대전사로 암벽 협곡에서 싸우던 모습도 잊히지 않습니다. 과연 누가 그렇게 싸울 수 있단 말입니까?"

헤르메스 길드의 랭커들과 수뇌부는 위드의 모험들에 대한 부담감이 분명히 있었다.

그들이 보기에는 불가능할 수밖에 없는 일들을 성공시키고, 무엇보다 과거 멜버른 광산에서 바드레이와의 전투에서 보여 준 능력보다도 훨씬 강해졌다.

헤르메스 길드가 북부 대륙에서 벌이는 전쟁은 틀림없이 방송국들의 주목도 받게 될 것이며, 시청률도 아주 높으리라.

감히 대적할 수 없는 대군으로 몰아치며 아르펜 왕국을 파괴하는 장면을 많은 사람들에게 보여 주고 싶었다.

하벤 제국만이 동원할 수 있는 압도적인 군대의 힘을 과시하는 것이다.

"렌슬럿이라면 충분히 북부 원정을 성공하고 헤르메스 길드를 거스르는 자들에 대해 본보기를 보일 수가 있을 것입니다."

"목적 달성을 위해서는 조금 아깝지만 그를 북부로 보내야 합니다. 북부를 점령하고 난 이후에 통치하는 부분도 고려를 해야 하지 않겠습니까?"

렌슬럿은 하벤 제국에서 성을 거느린 대영주였다.

주요 경력으로는 칼라모르 왕국과 라살 왕국 간의 전투에서 세운 혁혁한 공을 들 수 있고, 무엇보다 그가 점령한 땅은 약탈과 방화로 초토화가 되었다.

북부를 점령하고 안정적으로 다스린다면 가장 좋다. 하지만 그곳을 애써 통치하기보다는 잔인한 방식으로 모조리 파괴해 버리는 것도 헤르메스 길드의 입장에서는 손해가 아니었다.

위드는 방송을 통해 헤르메스 길드가 다시 전쟁을 일으켰고, 아르펜 왕국으로도 군대를 보냈다는 사실을 접했다.

방송국들이 속보로 하벤 제국 군대의 규모나 이동로 등을 알려 주고 있었던 것이다.

하벤 제국에서는 이를 감추기보다는 적극적으로 드러내서 아르펜 왕국으로서는 도저히 상대도 못할 것이라는 점을 널리 알렸다.

북부로 와서는 무자비한 파괴와 약탈을 할 테니 두렵다면 도망치라는 헤르메스 길드원의 인터뷰도 있었다.

위드는 깊은 한숨을 쉬었다.

"어떻게 된 게 이놈의 팔자는 날 가만 놔두질 않는군. 조각술 최후의 비기를 얻기 위한 길을 떠나야 하는데."

어려운 일도 한두 번이다.

불사의 군단도 물리치고, 헤르메스 길드와 부딪친 것도 처음은 아니지 않은가.

새삼 놀랄 것도 없는 디리운 팔자!

헤르메스 길드가 대륙의 여러 지역에서 전쟁에 승리하고 있다는 소식도 방송을 통해서 봤다.

마센 왕국의 국경 수비군 격파, 아이데른 왕국의 비취의 호수 지역 장악.

데일 왕국과 톨렌 왕국에서는 친헤르메스 길드의 세력이 크게 일어나서 지배 길드와 전쟁이 벌어지고 있다.
　"어쨌든 이번에도 싸우는 수밖에는 없겠군. 왕국 정보 창!"
　위드는 흑색 거성으로 가서 아르펜 왕국의 내정 창을 열었다.

아르펜 왕국

모라타와 바르고 성채를 중심으로 퍼져 나가고 있는 신흥 왕국.
영토 면적은 과거 니플하임 제국이 다스리던 땅의 29% 정도이지만, 발달된 문화와 활발한 교역으로 매우 빠르게 확장되고 있다.
아르펜 왕국의 국왕 위드는 '신의 인정을 받은 왕'이라고 불리며 주민들의 적극적인 지지를 받고 있음. 또한 단 1명뿐인 '대륙을 구하는 영웅'으로 인정을 받아 정의감이 높은 자유 기사들의 존경을 받고 있다.
아르펜 왕국의 주민들의 성향은 모험과 자유, 예술에 대하여 적극적.
어려움을 극복해 나갈 수 있을 거란 희망을 갖고 있으며 매우 근면함.
니플하임 제국의 정통성을 유지하고 있던 벤트 성을 비롯한 여러 성과 도시 등이 합류.
조인족들의 섬 라비아스가 아르펜 왕국에 소속되었다. 조인족들은 넓은 북부 대륙으로 퍼져 나가고 있음.
새로 세워진 도시들이 발달하면서 인구가 급증하고 있으며 모라타에서는 고급 예술과 고급 기술이 탄생하고 있다.
각지에 세워지고 있는 위대한 건축물들은 아르펜 왕국의 번영을 과시함.

군사력 : 2,382　　　　경제력 : 19,384
문화 : 30,930　　　　기술력 : 5,125
종교 영향력 : 89
왕국 정치 : 89　　　　인근 지역에 대한 영향력 : 94%

왕국 발전도 : 74
위생 : 44   **치안 : 91%**

북부 지역의 주민들은 아르펜 왕국만을 바라보고 있음.
광산 개발, 농지 확대로 왕국의 기초 생산력은 날로 증가하고 있으며, 숙련된 기술자들이 이를 바탕으로 여러 종류의 고급품, 특산품을 제조 중. 기본 생산품들은 막대한 물량이 생산되어 유통되고 있다.
아직 제대로 도로가 연결되지 않은 곳들이 많고, 몬스터의 침략으로부터 안전하지 못하여 지방으로부터의 세금 수입 증가는 정체 중.
해운업은 연안을 돌아다닐 정도임.
몇몇 먼 섬과의 해상 교역이 진행되고 있으며, 바다의 신비와 위험지역을 6.9% 정도 파헤치고 있는 상태.
농업은 아르펜 왕국의 기본으로서, 농부들의 개척 정신은 악어가 사는 늪지에도 씨앗을 뿌릴 정도이다.
최근 차나무의 육성에 성공하였고, 희귀한 약초와 특용작물의 재배는 유민들과 이종족들의 정착으로 인구 증가의 원동력이 되고 있음.
니플하임 제국의 유물과 흔적 들은 모험가들을 끊임없이 자극하는 중.
아르펜 왕국의 주민들은 모험에 적극적이라서 평균 수명은 짧은 편.
군대에 대해서는 병사들조차 의구심을 표시하고 있다.
"몬스터들이 한꺼번에 몰려오면 막을 수 있을까?"
"사람들이 사는 도시를 지키기 위하여, 국왕 폐하에게 충성을 바치기 위해 기꺼이 죽어야 되겠지."
"왕국이 위험하더라도 이는 어쩔 수 없어. 병사들이 적고 약한 탓이니까."
방대한 영토를 감당하지 못하고 도시 주변의 최소한의 치안만을 맡고 있다.
산악 지방이나 몬스터의 영역에서 가까운 마을들의 주민들은 스스로 몸을 지켜야 함. 최근 나이델하임이라는 소도시는 갑자기 침략한 몬스터를 막아 내지 못하고 잿더미가 되었다.
자유 기사들이 진정한 왕을 모시기 위하여 아르펜 왕국으로 몰려오고
있는 중. 그들이야말로 군대의 핵심적인 전력을 차지한다.
왕국의 도시 개발은 급속도로 이루어지고 있으며, 끊임없이 모이는
인구로 인하여 건설과 농업, 생산 부분에서 대호황기!
왕국 전체 인구 : 15,347,238.
매달 세금 수입 : 8,790,299.
왕국 운영비 지출 내역 : 군사력 6%, 기술 개발 5%, 경제 발전 38%,
문화 투자 비용 7%, 의뢰 및 몬스터 토벌
21%, 도로 개설 19%, 종교 4%.
군사력 : 기사 991명, 수련 기사 1,734명, 병사 34,280명.
벤트 성의 병력이 핵심.
모험가들의 동원에 의하여 기사와 병사 들에게 던전 탐험의
경험이 조금씩 있음. 훈련도가 낮아서 기본적인 무기를 다룰
수 있을 뿐이다.
주민들은 지나친 경제개발과 도로 개설 사업에 모든 자금을 쏟아붓는
것을 우려하고 있음.

"완벽한 국가 체제로군."

위드는 아르펜 왕국이 넓어지는 만큼 적극적인 경제 발전을 추구했다.

작은 마을들과 도시 몇 개 없어지는 것쯤은 감수할 수밖에 없다.

대를 위한 소의 희생!

폐허가 몇 곳 생겨나더라도 그곳에 다시 도시를 세우면

된다.

일단 개발하고 보자는 주의였다.

치안을 확보해 가고, 성벽까지 쌓으면서 차근차근 확장을 해 가려고 하면 시간이 너무 늦춰진다.

게다가 유저들도 그걸 바라지 않았다.

영주의 꿈을 꾸고 있는 유저들은 먼 곳으로 가서 사람들을 모으고 마을을 개척한다. 왕국에서 군대를 파견하여 그들을 도와주면 좋겠지만, 그러지 못하더라도 스스로 해결하려고 들었다.

영주로서 제대로 인정을 받으려면 주민들과의 친밀도가 높아져야 하고, 어려움들을 극복해 나가야 한다. 바닥에서부터 시작한 모라타의 경우를 자신들도 이루려고 하는 것이다.

왕국에 영주들이 많아지고 마을, 도시 등이 생겨나고 도로가 뚫리게 되면 세금 수입도 폭발적으로 증가!

"발전에 도움이 되지 않겠지만 어쩔 수가 없군. 각 마을과 도시에서 최소한의 치안을 유지할 수 있는 병력을 제외한 모든 군대를 소집하라."

-아르펜 왕국의 국왕으로서 군대 소집령을 내립니다.
지역에 따라 치안이 불안정해지고 악화될 수 있으며, 몬스터의 도시 습격이 왕성해질 것입니다.
현재 동원할 수 있는 병력은 기사 871명, 수련 기사 1,593명, 병사 31,023명입니다.
아르펜 왕국의 군대 소집령을 정말 내리시겠습니까?

"몽땅 소집해."

-국왕의 명령에 의해 아르펜 왕국의 군대가 집결합니다.
미리 약속된 신호에 따라 봉화와 전령을 통해 군대가 집결하게 될 것입니다.

"제대로 승부를 벌여 봐야겠군."

위드는 각 도시들과 주요 관문들을 수비하는 최소한의 병력만을 남겨 놓고 모조리 끌어모으기로 했다.

게다가 조각 생명체들도 있었다.

"그동안 놀고먹느라 날개에 살이 뒤룩뒤룩 붙어 있을 와이번들과 누렁이, 금인이, 빙룡, 불사조도 불러야 되겠군."

지골라스에서 생명을 부여했던 조각 생명체들에, 워리어 바하모르그도 있다.

북부에서의 전쟁이라면 위드가 부를 지원군도 아주 많았다.

모라타 인근의 남쪽 평원!

아르펜 왕국군이 모이기로 한 그곳은 그 전날부터 유저들로 북새통이었다.

"죽순죽 부대! 인원 점검해야 하니까 줄 똑바로 서세요!"
"마늘죽 부대, 이쪽입니다! 어서 마늘 귀걸이를 하고 모여 주세요."

"명예로운 독버섯죽 부대가 전쟁의 선봉에 서겠습니다."

"우와아아! 역시 죽음을 두려워하지 않는 독버섯죽이다!"

"인삼죽 마법병단은 대추죽 부대의 마법사들과 협력하기로 했습니다."

"녹차죽 부대, 우리는 창설된 지 얼마 안 되었지만 다른 부대들에게 얕보일 수 없습니다!"

북부에서 활동하는 유저들도 대대적으로 모이고 있었다.

"하벤 제국이 침략을 한다고?"

"당연히 싸워야지."

"박살을 내 버립시다."

"우리의 힘을 보여 줍시다. 중앙 대륙에서처럼 아무것도 해 보지 않고 밀려날 수는 없습니다. 더 이상 밀려날 곳도 없어요!"

보통 1만 명의 유저가 모이면 복잡하단 느낌을 준다. 하지만 지금은 아예 사람들로 평원이 뒤덮여 있었다.

누군가가 큰 소리로 외쳤다.

"자, 부대 정렬이 끝났으면 어서 이동합시다! 해가 지기 전에 서둘러요!"

"제대로 자기 부대 못 찾은 사람은 행군 중에 찾아가거나 일단 다른 부대에 속해서 싸웁시다. 시간이 없어요."

"이동합시다. 어서 이동해요."

"동쪽으로 빠져 줍시다."

남쪽 평원에 있는 풀죽신교의 병력이 한꺼번에 동쪽으로 행군했다. 평원 전체가 이동하는 것만 같은 엄청난 광경이었다.

그리고 그곳으로는 다시 유저들이 모여들었다.

"자, 풀죽신교 4차 집결이 끝나고, 이번에는 5차입니다!"

풀죽신교의 유저들은 도저히 한곳에서 전부 모일 수가 없었다.

모라타의 유저만 하더라도 엄청난 수준으로, 성문 근처는 초보자들로 넘쳐 날 정도다.

언덕의 판잣집마다에서 검과 활로 무장을 한 유저들이 비장한 각오를 하고 나오고 있었다. 어차피 죽음을 각오했기 때문에, 갑옷에 대해서는 조금도 신경 쓰지 않은 가벼운 차림들이었다.

풀죽신교의 유저들은 북부 전체로 퍼져 있었던 만큼 아르펜 왕국의 각 도시와 마을 들에서 자발적으로 싸우기 위해 사람들이 모여들고 있었다.

"와, 진짜 많다."

"저기 봐. 완전 초보 복장에 기본 목검 하나 들고 있는 사람도 있어."

풀죽신교의 회원들조차도 뜻을 함께하는 사람이 이렇게 많았는지를 모르다가 남쪽 평원에 오고 난 이후에 뿌듯한 자

궁심이 생길 정도였다.

밤이 되고 난 이후에도 인원 정렬은 계속되었다.

유저들은 북부 대륙 전체에서 모여들고 있었으며, 모라타에서 뒤늦게 접속한 유저들도 성문 밖으로 나오고 있었던 것이다.

"야식죽 부대, 우리는 밤이 되기만을 기다려 왔습니다. 마음껏 드세요."

남쪽 평원의 하늘에서는 부름을 받고 날아온 와이번들과 불사조, 빙룡이 빙글빙글 돌면서 날아다녔다.

유저들은 하늘을 보며 실컷 함성을 질렀다.

"풀죽! 풀죽! 풀죽!"

"싸우자! 북부를 지키자!"

"생각 외로 평탄한 원정이로군. 놈들이 저항도 하지 못할 것이라는 건 알고 있었지만……."

하벤 제국의 북부 원정군.

상륙부대는 해군 3함대의 호위를 받으며 이동하고 있었다.

드린펠트가 자신의 함대를 잃어버리고 난 이후에 일시적으로 해상 패권을 상실한 헤르메스 길드는 상당한 골치를 앓았다. 해상 교역을 하는 유저들로부터 통행세를 거두기가 어려워진 것이다.

 조선소를 건립하고, 해양 유저들을 국가적으로 양성하면서 막대한 투자를 통해 4개의 신규 함대를 창설했다.

 해군 3함대는 무려 23척이나 되는 대형 전투함을 거느리고 있었다.

 그들이 북부 원정군의 70여 척이나 되는 상륙함을 보호하기 위하여 아르펜 왕국의 항구도시 바르나 근처까지 항해해서 온 것이다.

 "날씨도 맑고 바람도 순풍으로 쾌적한 여행이었군."

 3함대의 지휘관 하킴은 뱃머리에 섰다.

 갈매기들이 배 근처로 맞이 나오는 모습으로 봐서 육지가 멀지 않았다.

 먼바다에서 태풍에 휘말리거나 조류에 휩쓸렸다면 이동이 늦춰지거나 몇 척의 배가 표류하여 찾는 데 시간이 걸릴 수도 있었다. 그러나 현재는 교역 상인들이 해상으로도 북부를 많이 오고 가면서 항로가 안전하게 개척되어 순조로운 항해가 이루어졌던 것이다.

 "이제 오후가 되기 전에 바르나를 습격할 수 있겠군."

 상륙부대를 육지로 내려 주고, 그의 해상 전력은 항구 바르나를 공격할 것이다.

 마법과 포격으로 철저히 망가뜨리고 도시 자체를 쓰지 못하도록 부수는 작전이었다.

"축하드립니다, 선장님."

"제국의 해군 제독으로 승격되실 날도 머지않았습니다."

하킴의 옆에서는 일등항해사들이 아부를 했다.

바다에서는 선장의 능력에 따라 전체적인 배의 전투력, 기동 능력이 달라진다.

유능한 선장의 배에 타고만 있어도 넓은 의미의 파티 사냥이 되는 효과가 있는 셈!

항해사들은 실력이 뛰어난 선장들을 따라다니기 위하여 굽실거리는 정도는 기본이었다.

물론 선장과 항해사, 갑판장의 관계가 언제나 평화적인 것은 아니라서, 부하 선원들의 지원만 있다면 해상 반란도 흔하게 일어나곤 했다.

"음, 이번 전투만 성공적으로 치러 낸다면 해군 제독도 가능성이 있겠지."

"물론이죠, 하킴 해군 제독님."

"으허허허허허! 듣기가 나쁘지 않군."

"당연하지요. 곧 질리도록 듣게 되실 텐데요."

"벌써부터 잘 어울리는 것 같습니다요."

하킴이 항해사들의 아부에 취해 있을 때였다.

"아르펜 왕국의 해군으로 짐작되는 전투 선단이 앞에 있습니다!"

망루에서 바다를 관찰하던 수병이 큰 소리로 외쳤다.

"규모는?"

"그게……."

"빨리 말해라."

"30척이 훨씬 넘습니다! 배들의 크기는 소형 범선들입니다."

해진에서는 배의 종류와 숫자가 무엇보다 중요하다. 배가 클수록 더 많은 대포를 실을 수가 있으며, 사격 시에 요동이 적어서 정확도도 높아진다.

"아르펜 왕국의 재정이 튼튼하다더니 해군도 창설을 했었나? 그래도 소형 범선이라면 대포도 좋은 것을 쓰지는 못했겠군. 전투에 돌입한다! 돛을 전부 펼쳐라! 전속 전진!"

"예, 선장님!"

"전원 전투 위치로!"

선원들이 일어나서 대포를 장전하고 돛을 펼쳤다.

하킴의 선단은 전투대형으로 쭉 늘어서서 전속력으로 전진했다.

적진을 돌파하며 대포로 난타를 하고, 빠르게 선회하여 섬멸전을 펼치는 것이 그들의 방식.

압도적인 화력과 대포 속사 능력, 항해 속도로 적들을 분쇄하려는 것이다.

"거리가 가까워지면서 적들이 더 많이 나타나고 있습니다. 소형 케러벨. 40여 척 추가 등장!"

"그 정도라면 간식거리에 불과하다. 열화탄을 준비하라!"

하킴의 명령이 다른 배들에도 전해졌다.

열화탄은 도시 파괴에 쓰려고 하였지만 해상전에 사용하기로 했다.

어떻게 하더라도 적들을 이기는 데에는 문제가 없겠지만 병력 수송까지 하고 있는 마당에 아군의 함대에 손상이 벌어지면 안 되기 때문이다.

"적진에 중형 프리깃 8척이 있습니다!"

"심심하던 차에 잘되었군. 가뿐히 침몰시켜 주자."

"갤리선들도 나타났습니다. 해적선입니다!"

베키닌의 3마리 미친 상어의 해적단!

그들이 끌고 온 갤리선이 자그마치 24척이었다.

붙잡은 노예들로 노를 저을 수가 있기에 단거리에서의 속도가 아주 빠르고, 뱃머리에 충각을 달아서 범선의 옆구리를 정면으로 들이받는 것이 갤리선의 특징이었다.

배들끼리 충돌을 하고 난 이후에 해적들이 옮겨 가면 갑판에서 전투가 벌어지는 것이다.

바다에서 보통 해군은 포격에 강하고, 해적들은 약탈을 위한 갑판 전투에 능숙했다.

"갤리선들을 우선적으로 집중 포격하면 된다. 계속 전진하라!"

"적들의 배가 계속 늘어 가고 있습니다. 소형선들이 추가로 300척 이상!"

"어떻게 그럴 수가……."

하킴도 갑판에서 보고 있었다.

그들의 배가 나아가는 앞쪽 바다에 선박들이 빼곡하게 계속 늘어만 가고 있었다.

바다로 나와서 항해할 수 있는 최소한의 크기를 가진 소형 범선들이 갈수록 많이 보였다. 그들이 무장한 대포는 고작해야 8문 정도씩밖에는 되지 않을 테지만, 한꺼번에 쏘아 낸다면 그 위력도 상당하리라.

배가 부서지지 않더라도, 흔들림이 생겨서 포격의 명중률이 심하게 줄어들기 때문이다.

"배들이 어떻게 이렇게 많이 있을 수 있지?"

"교역선들이 다수 있습니다. 낚싯배들도 전투에 가담한 것 같습니다."

"도대체가……."

헤르메스 길드의 유저들은 어처구니가 없었다.

가까이 다가갈수록 헤아리기 어려울 정도의 많은 배들이 보였다. 그들이 작은 돛을 활짝 펼치고 하킴의 선단을 향하여 질주해 오는 것이다.

"제독님, 이대로라면 정면으로 부딪치게 됩니다."

"그러면 적들에게 뒤섞이게 되는데."

하킴은 평소대로 적진의 중심으로 돌격하여 대포를 좌우

로 쏘아 대는 방식으로 격침을 시키고 싶었다.

먼바다에는 나가지도 못하는 소형 배들이 가득하다. 놈들이 쏴 봐야 얼마나 쏘겠는가.

그렇지만 상륙부대가 전투 선단의 뒤를 따르고 있었다.

저 많은 배들에 갇히게 되면 일이 복잡해질 수 있다. 뒤섞여 있는 해적선들이 부딪쳐 온다면 몇 척 정도는 침몰을 면하지 못한다.

"우회하라. 놈들의 대포는 사정거리가 짧다. 기동력을 이용하여 놈들을 외곽에서부터 차례대로 무너뜨린다."

하킴의 선단이 방향을 틀었다. 적들을 스쳐 지나가면서 거리를 두고 대포로 타격을 하려는 것이다.

그러나 동쪽과 서쪽, 다른 먼바다에서도 작은 배들이 나타나자마자 돛을 활짝 펼치고 다가오는 중이었다. 섬 그늘에 숨어 있던 배들도 나와서 하킴의 선단을 향하여 접근하고 있었다.

하킴의 관측병이 무능했던 것이 아니다. 중형이나 대형 범선이 숨어 있었다면 당연히 발견을 했으리라. 하지만 암초 뒤에도 숨을 수 있는 작은 배들이 줄지어서 몰려나오며 바다를 가로막고 있었다.

"저들의 깃발은 아르펜 왕국 소속이 아닙니다. 제각각 다른 그림이 그려져 있습니다."

"그건 또 뭔가!"

"상어와 고래, 거북이 그리고 저건… 자세히 알아보기가 힘든데 우럭과 갈치, 고등어 같습니다."

"뭐라고?"

작은 배들과의 거리가 가까워지면서 그들이 외치는 소리도 들을 수가 있었다.

"고등어죽 부대 대포 장전하라!"

"대포알이 비싸서 못 사 왔는데요. 이거 낚싯배라서 쏘면 뒤집혀요!"

"그럼 그냥 배로라도 부딪칩시다."

"우린 상어죽 부대가 옆에서 지원해 준다. 가자!"

"갈치죽 부대, 우린 구운 갈치와 갈치조림 중에서 어떤 것이 풀죽에 어울리냐는 문제를 놓고 두 갈래로 나뉘어 끝없는 말싸움을 해 왔다. 그렇지만 지금은 장렬히 함께 싸울 때다!"

"고래죽 부대, 아직 우린 제대로 된 고래를 잡아 본 적이 없다. 지금이 정말 큰 고래를 잡을 시간이다!"

"놈들을 사냥하자!"

"어죽 부대 총공격!"

풀죽신교의 해상 세력이 등장한 것이다.

바다에 매력을 느끼고 항구 바르나에서 시작한 유저들, 그리고 바다로 터전을 옮긴 유저들.

그들이 바다를 지키기 위하여 다 같이 나서면서 이틀 만에 대부대가 조직되었다.

꽈과과광!

바다가 온통 대포 소리로 뒤덮였다.

하킴의 전투 선단을 향하여 세 방향에서 작은 배들이 대포를 쏘며 접근해 왔다.

"놈들의 이동로를 막아라!"

"여길 빠져나가면 절대 잡을 수 없을 거야."

"거북이죽 부대가 정면을 차단한다. 그물을 던져라!"

정면을 틀어막고 있는 배들 때문에 하킴의 전투 선단은 멈출 수밖에 없었다.

소형 배들이라서 처음에는 대형 전투선들이 억지로 부수면서 밀고 나가는 듯했지만, 곧 잔해와 파편이 뒤섞이면서 이동 불능에 처한 것이다.

"보이는 족족 모두 격침시켜라!"

"대포가 조준되는 대로 쉬지 않고 발사!"

하킴의 전투 선단에 있는 대포들이 포위하고 있는 배들을 향해 불을 뿜었다.

꽈광!

단숨에 용골까지 부서지고, 폭발하는 소형 배들!

밀집해 있는 전투 선단으로도 대포들이 날아왔다.

"돛을 걷어라!"

"흔들림에 조심해!"

선체가 부서질 정도로 큰 위력을 가진 대포는 없었지만 돛대들이 금방 불길에 휩싸였다.

눈에 보이는 바다에서 온통 아예 죽자고 덤벼들고 있었기에, 하킴의 전투 함대의 어떤 작전도 통할 수가 없었다.

해상전의 어떤 전술도 쓸 수가 없는, 극단적 에워싸기 전략!

"부딪쳐, 그냥!"

"건조하면서 먼바다에 항해를 나가기로 했는데… 약속을 지키지 못하겠구나. 바다에 가라앉아 침몰선이 되면 반드시 다시 찾으러 올게."

"에라, 기왕 죽을 것 바다에 뛰어들어서 저쪽 배에 매달리기라도 하자. 그럼 잠깐 동안 무거워지기라도 하겠지!"

불붙은 소형 배들은 불도 끄지 않고 그대로 하킴의 전투 선단에 부딪쳤다.

침몰하는 것은 주로 소형 배들이었다.

따라서 배들끼리 충돌이 일어난 자체는 대형 전투선들에 큰 타격을 주지 못했다. 하지만 흔들림이 발생하면서 대포 사격의 정확도가 엉망이 되었다.

어디로 쏘더라도 적들이 맞을 확률이야 높았지만, 선원들이 쓰러지거나 대포가 폭발하기도 했다.

혼란한 틈을 타서 해적선들도 접현에 성공했다.

"하벤 제국의 군함에 오르다니 이런 영광스러운 날이… 몽땅 털어 보자!"

"다 죽여라!"

"우선 화약실을 점거해. 사람이 있건 없건 가리지 말고 터트려 버려!"

베키닌의 3마리 미친 상어들이 해적들을 지휘하며 군함에 올랐다.

"볼품없는 해적 놈들! 하벤 제국 해군 기사의 위엄을 보여 줘라!"

갑판에서도 전투가 벌어지면서, 넓은 바다는 혼란 그 자체가 되었다.

콰아앙!

큰 충격에 하킴의 배가 갑자기 기우뚱, 흔들렸다.

"이게 뭔가?"

"제독님, 암초입니다!"

"뭐라고? 배들이 이렇게 많은데 어떻게 암초에 부딪칠 수 있지?"

"그게… 저도 잘 모르겠습니다."

풀죽신교에서는 이 주변의 바다에 대해 아주 잘 알았다.

섬은 작지만 뒤쪽으로는 소형 배가 들어갈 수 있는 해상 동굴들이 있어서 매복을 하기에 유리했다. 바다에는 암초들이 숨어 있어서, 큰 배들은 선창에 걸려서 부딪쳤다.

무엇보다 이 해역은 해류가 먼바다에서 육지 쪽으로 빠르게 이동한다. 풀죽신교의 배들도 항해하기가 어려웠지만, 하킴의 전투 선단도 해류의 흐름을 벗어나지 못하고 함정인 것을 알면서도 암초로 다가오게 된다.

하킴은 큰 소리로 외쳤다.

"이런 건 아무것도 아니다! 남김없이 바다에 수장시켜 줘라!"

하벤 제국의 함대는 개미 떼처럼 모여 있는 초보자들의 상선과 낚싯배, 군함을 거침없이 격침시켰다.

그러나 항구 바르나가 있는 방향에서 추가로 나타나는 소형 선박의 떼!

"오래 기다려 왔다. 미역죽 부대, 돌격!"

"기운을 내라. 바지락죽 친구들이 도착했다."

"해초죽 부대여, 우리의 바다는 우리의 대포로 지키자!"

소형 선박들이 바다를 온통 뒤덮었다. 그리고 그 뒤에는 통나무를 연결한 뗏목들이 끝도 없을 정도로 이어져 있었다.

KMC미디어의 '베르사 대륙 이야기'.

"오늘은 정말 충격적인 소식을 전해 드려야겠습니다. 낮에 생방송을 통해서 직접 보신 시청자분들도 많으실 텐데요."

신혜민의 얼굴에서는 유난히 화사하게 빛이 났다.

"오주완 씨, 하벤 제국의 함대와 아르펜 왕국의 유저들이 충돌했는데 놀라운 결과가 나왔다죠?"

"예, 그렇습니다. 해상 패권을 장악하고 있던 하벤 제국의 상륙부대가 수장을 당했다는 소식입니다. 일단 주요 영상부터 보시죠."

하벤 제국의 함대는 북부의 선박들을 상대로 대단한 파괴력을 발휘하였다. 작은 배들을 두 동강 내는 맹렬한 포격이 이어졌지만, 풀죽신교에서는 물러나지 않았다.

낮과 밤을 넘어서 꼬박 하루 동안 전투가 계속되었다.

그리고 하벤 제국의 전투함에 적재되어 있는 포탄이 떨어지는 순간이 몰락의 시간이었다.

작은 배들이 둘러싸서 오도 가도 못하게 한 이후에 기습적인 화공이 개시되었다. 풀죽신교의 배들이 일제히 불에 타기 시작한 것이다.

바다를 태우는 불길은 하벤 제국의 전투 선단으로도 옮겨 붙었다. 움직일 수 없게 된 전투함들은 거대한 화마에 휩싸여서 침몰하게 되었다.

풀죽신교의 생존자도 고작 수백여 명에 이를 정도였다. 하지만 항구 바르나로 무사히 돌아간 유저들은 함성을 질렀다.

"우리가 이겼다!"

"풀죽! 풀죽! 풀죽!"

항구 바르나의 해변가에서는 대형 모닥불이 여기저기 피워지고 축제가 벌어졌다.

그다음 날 아침에도 사람들은 떠나지 않았다. 사망한 유저들이 다시 접속할 때까지 축제를 계속 이어 가면서 기다리기로 한 것이다.

땅! 땅! 땅!

항구 근처의 조선소에서는 대장장이들의 망치 소리가 끊이지 않았다. 이번에 침몰한 만큼 배를 건조하여야 하니 바쁠 수밖에 없다.

베르사 대륙에서 전쟁은 쉬지 않고 벌어졌다. 특히 요즘에는 왕국 간의 큰 전투가 매일 발생했다.

전쟁에 염증을 느끼는 사람들이 대다수였지만, 아르펜 왕국과 하벤 제국 간의 해전은 시청률이 39.2%를 자랑할 정도로 뜨거운 인기였다.

게시판의 반응도 폭발적이었다.

제목 : 풀죽신교의 승리를 축하합니다.
저도 죽 한 그릇 얻어먹을 수 있을까요?

제목 : 치킨집에서 아르바이트하는 학생입니다.
오늘도 통닭 500마리 튀겨야 될 듯······.

제목 : 저도 치킨집에서 아르바이트합니다.
현재 배달 주문만 200마리 밀려 있습니다.
지금 주문하면 5시간 후에 배달된다는데도 먹겠다는 분들은 대체 뭐죠?

제목 : 솔직히 저는 헤르메스 길드 소속입니다.

라살 왕국에 있다가 왕국이 점령당해서, 뭐 어쩔 수 없이 넘어갔죠. 이쪽에서는 등급에 따라서 대우도 나쁘지 않고요.

근데 왜 이렇게 통쾌하죠?

검치와 사범들, 수련생들은 무예인 마스터 퀘스트를 시작하여 벌써 일곱 번째를 진행하는 중이었다.

"퀘스트의 내용이 상당히 복잡하군. 그냥 죽이면 되는데 왜 굳이 개과천선을 시켜야 된단 말이냐. 도무지 이해가 안 가는군."

"그러게 말입니다. 그런 놈들은 그냥 목을 따야 하는데요, 스승님."

때려죽이고, 태워 죽이고, 밟아 죽이고.

무예인답게 다양한 무기를 활용하고, 고급 기술들로 적들을 찾아다니면서 꺾었다.

여러 명이 퀘스트를 하러 다니기 때문에 직업 마스터 퀘스트 와중에 단체 퀘스트도 발생했다.

보울 산맥의 산적
데일 왕국의 국왕이 서거한 이후에 보울 백작 가문은 산적이 되었다. 그들에게는 기사와 보병 들이 있기 때문에 상당한 세력을 형성하고 인근 도시들에 피해를 주고 있다.
보울 산맥을 영역으로 활동하는 산적들을 퇴치하라!
난이도 : 무예인 마스터 퀘스트
퀘스트 제한 : 고급 7레벨 이상의 무기술.
　　　　　　12인 파티를 구성할 수 있음.

　무예인 퀘스트는 정해진 것만 하는 게 아니라 다양한 적들과 맞서 싸우는 것이었다.
　검오치가 대략의 퀘스트 방법을 전수해 주었기에 검치와 다른 사범들, 수련생들은 수월하게 진행할 수 있었다.
　"밥 먹고 싸움만 하다니 이렇게 편할 수가 없다."
　"역시 사람은 머리보다는 몸을 써야 기분이 개운하지요."
　"우리가 직업은 정말 잘 선택했어. 답답하게 뭐 찾으러 돌아다니고 이러면 화병 나서 안 된다니까."
　"괜히 대기업 다니거나 공무원 생활하는 사람들은 정말 불쌍한 겁니다. 연봉이 높거나 안정적이면 뭐하겠니까. 맨손으로 멧돼지도 못 잡는데."
　검둘치는 과거 어린 시절을 떠올렸다.
　초등학교 때 다른 친구들은 컴퓨터를 하고 학원을 다녔다. 하지만 그는 맨손으로 병을 깨뜨리는 연습을 했다.

학교 수업 시간에도 가장 마음이 편했던 건 체육이었다. 공을 차고, 가슴이 터지도록 뛰어야 했다. 영어와 수학, 과학 시간만 되면 괜히 위축되고 주눅이 들었다.

요즘도 칠판과 분필만 보면 기가 죽었다.

"그보다 요즘 떠들썩하던데. 막내가 다스리는 아르펜 왕국에 적들이 침입한 모양이더구나."

"예, 스승님."

"헬멧 길드라는 그놈들입니다."

검치와 사범들, 수련생들은 선술집과 거리의 소문을 통하여 북부의 전쟁이 큰 화젯거리라는 것을 알게 되었다.

'한 건 터졌구나.'

그들도 어서 아르펜 왕국으로 달려가서 선두에 서고 싶었다.

검치 들이 여자들로부터 가장 인기를 끌었던 것은 아무래도 큰 전투 때가 아니겠는가.

불가능할 것 같은 전투에서 모든 것을 내던지며 싸울 때의 기분. 바르칸이 이끄는 불사의 군단을 격파할 때의 짜릿함이 남아서 잊히지 않았다.

'우린 다른 거 없어. 장가가려면 드래곤이라도 1마리 잡아야 돼.'

'무기술을 마스터하면 여자 친구가 생길까? 레벨을 600까지는 올려야 되겠지?'

강해지는 것 외에는 삶의 해답을 구하지 못한 그들.
 검치와 검둘치 역시 여자 친구가 아르펜 왕국에 있기에 자꾸만 신경이 쓰였다.
 여자 친구 앞에서 힘자랑을 할 수 있는 정말 좋은 기회였다.
 "흠흠, 그래도 체면이 있지. 무작정 가서 싸우는 건 좀 그렇구나. 위드에게서 도와 달라는 말은 없었느냐?"
 "없었습니다. 이번에는 자기 혼자서도 충분하다고 합니다. 어떻게 이런 사소한 일로 스승님과 사형들을 부를 수 있겠냐면서요."
 "막내는 너무 점잖아서 탈이야."
 "그러게 말입니다. 혼자 해결하려고 하지 말고 이런 건수가 있으면 같이 싸워야 되는데."
 "인생에서 패싸움만큼 재밌는 것은 없지."
 검치는 북부로 달려가고 싶은 것을 체면 때문에 참아야 했다.
 실상 위드가 검치와 사형들을 부르지 않은 이유는 단순하고 간단했다. 그 후의 상황이 눈에 너무나도 훤히 보였던 것이다.
 로드릭 미궁에서 그들을 동원하지 않은 이유와도 같았다.

 ─놈들은 우리보다 강하다. 그렇다고 우리가 약한 모습을 보일 수 있겠느냐.

─ 없습니다, 스승님!
─ 프레야 교단의 사제들은 우리가 지킨다. 돌격!
─ 우와아아!

악마병들에게 열심히 달려들다가 전멸!
악마의 힘이 강성한 로드릭 미궁에서 일반 전투 계열 직업들은 상성의 문제도 있었지만, 제대로 통솔하기가 어렵다는 부분이 치명적이다.
전쟁에서도 검치 들은 너무나도 눈에 띄었다.

─ 불사의 군단과 싸우면서 리치 바르칸과 본 드래곤을 해치웠던 무리다.
─ 우와아아아!

하벤 제국의 군대가 주목을 하거나 말거나 검치 들은 이미 돌격을 하고 있으리라.

─ 마법사 부대, 궁수 부대! 조준!
─ 조준 완료되었습니다.
─ 놈들이 다가오면 쏜다.
─ 일직선으로 달려오고 있습니다.
─ 집중 공격!

슈슈슈웅! 콰과과광! 펑! 쿠와앙!

검치 들의 전멸!

사용하기에 따라서 막강한 전력이 되기도 하지만 허무하게 당해 버릴 가능성이 커도 너무 컸다.

게다가 정말 맛있는 반찬은 마지막을 위하여 남겨 두어야 했다.

"온몸이 근질근질하군. 이런 일로 스트레스가 쌓이면 안 되는데……. 애들아."

"예, 스승님."

"퀘스트나 하러 가자. 삼치야, 다음 내용이 뭐였지?"

"그러니까… 세바로나 지방에서 최근에 주민들이 실종되는 사건이 자주 벌어지고 있는데 그 이유에 대해서 알아보니…….."

"간단히 말해라."

"지도에 있는 마굴에 가서 싹 죽이면 된답니다."

"가자!"

렌슬럿이 이끄는 하벤 제국의 군대는 포르우스 강을 앞에 두고 있었다.

"여기서부터는 북부 대륙이다. 우린 이 지역을 점령하고,

약탈하고, 파괴할 것이다."

"우와아아!"

하벤 제국 군대의 사기는 드높았다.

고된 훈련을 받은 정예병이라서, 장거리 행군에도 사기가 저하되지 않았다.

높은 사기는 전투에서도 용감하게 싸울 수 있게 해 준다.

원래대로라면 북부까지 육상으로 이동하는 것을 다른 길드들이 허용할 리가 없었지만, 지금은 전쟁이 벌어진 특수 상황이다. 하벤 제국의 다른 군대가 길을 열어 준 사이에 원정군은 북부까지 이동을 했다.

그들이 이동하는 것을 적대 길드들도 알아차렸지만 당장 급한 전쟁이 우선이라서 신경을 쓸 겨를은 없었다. 북부로 대규모 군대가 원정을 떠나면 헤르메스 길드의 전력은 그만큼 줄어드는 셈이기에 애써 막지 않고 못 본 척한 것이다.

렌슬럿은 북부 대륙의 땅을 밟는 감회가 남달랐다.

'북부를 파괴하고 하벤 제국의 도시들로 다시 세울 것이다.'

하벤 제국의 기사 중에서 가장 광대한 땅을 접수하게 되리라.

'그러자면 위드를 격파해야 하는데…….'

해상에서의 소식이 방금 전해졌다.

상륙 병력이 땅을 밟아 보기도 전에 싸그리 바다에 수장되었기에 전략에 대폭적인 수정을 가해야 했다.

헤르메스 길드에서는 남쪽에서, 동쪽에서 동시에 진격을 하여 아르펜 왕국을 공략하기로 했다. 위드가 직접 나서서 어느 한 곳을 막더라도, 다른 쪽의 군대가 모라타를 파괴하고 태워 버리는 전략이다.

아르펜 왕국의 상징과도 같은 도시가 사라지게 되면 그 자체만으로도 돌이키기 어려운 피해가 발생한다.

그 자체로만 북부는 최소 1년에서 2년 이상을 퇴보하게 되리라.

그리고 두 방면으로 진격했던 군대가 다시 합쳐지면서 위드가 이끄는 아르펜 왕국군을 섬멸하겠다는 전략!

군대가 전멸하고 나면 치안이 엉망이 되고, 몬스터들의 번식이 빨라진다. 그렇게 되면 아르펜 왕국은 장기적인 피해의 여파로 멸망하게 되리라.

물론 모라타는 하벤 제국군에 의하여 다시 예전처럼 폐허가 될 것이다.

위드를 높게 평가했기 때문에 양동작전을 구사하기로 한 것인데, 이제 상륙부대의 도움을 받지 못할 상황이 되어 버렸다.

'그럼에도 우리 하벤 제국의 군대는 무적이다. 아르펜 왕국군과는 모든 면에 걸쳐서 비교도 안 되지. 놈이 네크로맨서의 능력을 발휘하더라도 이길 수 있다.'

네크로맨서는 육체적인 능력은 뒤떨어진다는 단점도 가

졌다.

렌슬럿의 기사단은 좀비나 구울, 데스 나이트의 장벽을 뚫고 위드를 향해 바로 돌격할 수 있으리라.

북부 원정군에 포함된 NPC 병사들도 최정예로만 구성되어 있기에 전면전으로도 자신이 있었다.

"길드에서의 명령입니다. 궁수 부대의 추가 보급을 기다리시라고 합니다."

"전투 물자는 충분히 가져왔으니 필요하지 않다."

"수뇌부의 직접 명령입니다. 전쟁 승리를 위하여 반드시 이행하시라는 말이 있었습니다."

"알겠다."

헤르메스 길드에서는 거래 상인들을 총동원하여 그들에게 추가적인 화살과 마법 장비 들을 보급했다.

아르펜 왕국의 유저들, 풀죽신교를 철저히 대비하기 위해서였다.

사흘을 머무르면서 보급을 받고, 다시 주둔지를 떠나 이동을 했다. 고향을 떠난 원정군은 향수병에 걸리거나 사기가 하락하기에 속전속결을 벌이게 되어 있지만 약간의 지체 정도는 큰 손해가 아니었다.

"정찰병."

"예."

"앞쪽의 지형을 확인하라."

"다녀오겠습니다."

렌슬럿은 산과 협곡, 숲과 같은 수상쩍은 지형들마다 정찰병을 보내 샅샅이 수색했다. 위드가 어느 곳에서 기상천외한 함정을 파고 있을지 짐작할 수 없기에 전부 확인하라는 길드의 지시였다.

그렇게 행군을 하다 보니 자연히 이동속도는 느려졌다.

북부까지 먼 길을 왔는데 이렇게 지체되어만 가니 렌슬럿도 슬슬 울화가 치밀었다.

"압도적인 군대를 가지고 이게 뭐 하는 짓인지 모르겠군."

그렇게 거북이처럼 느리게 움직인 끝에, 마침내 북부 원정군이 르포이 평원에 도착했다. 이곳에서부터가 실질적인 아르펜 왕국의 영역이었다.

육지에서의 전쟁

"쿠후후훗."

페일은 평원에서 음침하게 웃었다.

그가 위드와 검치 들을 따라다니며 긴 시간이 흘렀다.

자유로우면서도 과감한 전투를 겪으면서 실력이 일취월장 늘지 않을 수가 없었다. 기본 스킬도 꾸준히 단련을 하다 보니 속사와 곡사, 관통 화살을 마스터해 낸 것이다.

대륙 전체의 궁수들을 통틀어도 100위 안에 오를 정도의 실력자가 되었다.

"크후후, 몬스터가 저기에 있군."

페일은 자신이 있는 곳에서 약 1.5킬로미터 떨어진 지점의 몬스터를 발견했다.

궁수의 눈은 먼 거리에 있는 적도 정확히 볼 수 있을 정도로 뛰어났다.
"이 정도 거리라면… 그리고 풍향을 고려해서……."
페일은 신중하게 화살을 쏘았다.
바람에 실려서 날아간 화살은 먼 거리에 있는 몬스터를 정확히 맞혔다.
꾸엑!
졸지에 날벼락을 맞은 몬스터가 주위를 두리번거렸지만 화살을 쏜 사람을 찾을 수는 없었다.
페일은 계속 화살을 쏴서 몬스터를 사냥했다.
고레벨의 궁수는 평원처럼 탁 트인 곳에서는 정말 무시무시한 위력을 자랑한다. 물론 몬스터가 떨어뜨린 아이템을 찾기 위하여 걸어갈 때는 상당히 귀찮았지만.
"케케켓, 인간이다."
평원의 몬스터들이 슬금슬금 다가왔다.
"대지 관통!"
페일은 땅으로 화살을 쏘았다.
땅속으로 사라진 화살이 몬스터의 발아래에서 솟구쳐 나오며 적을 꿰뚫었다.
관통과 곡사 스킬이 마스터에 이르면서 획득한 스킬!
땅으로 화살을 쏴도 이동속도가 느린 몬스터들은 피하지 못하고 모조리 적중당했다.

"후후후, 나 정도라면 이제 어느 길드에 가더라도 환영받을 수 있겠지."

페일은 자신만만해졌다.

초보 궁수 시절부터 쏘아 댄 화살값을 이제야 보상받는 기분이었다.

"이제 내 마음대로 사는 거야. 조금 거만하게 살 때도 되었어. 이번 전쟁에서도 엄청난 공적을 세워 봐야지. 모두가 놀랄 정도로!"

평원에서 큰 소리로 외치는 페일!

그때 수르카로부터 귓속말이 들어왔다.

-오빠, 나 장갑 사야 되는데 돈 부족하거든. 빌려 줄 수 있어?

-어딘데?

-모라타.

-여기 좀 먼 곳인데… 금방 가져다줄게.

-고마워. 나중에 꼭 갚을게.

지금까지 수르카에게 빌려 준 돈만 9,000골드가 넘었다.

"기다릴 텐데, 빨리 가야겠군."

페일은 모라타가 있는 방향으로 바쁘게 걸음을 옮겼다.

잠시 후에 메이런에게서도 귓속말이 왔다.

-오늘 방송 준비 때문에 저녁 약속 늦을 거 같아요.

-천천히 와. 먼저 가서 기다리고 있으면 되지. 항상 그렇

듯이 기다리는 거 좋아하니까.

로뮤나에게서도 귓속말이 왔다.

- 혹시 마나석 가진 거 있어?
- 마법 화살 만들려고 챙겨 놓은 거 3개 있는데.
- 응, 그럼 나 좀 줄래?
- 어딘데?
- 팔레스 마을.
- 지금 모라타에 가야 하는데…….
- 빨리 갖다 줘.
- 알았어. 그럼 모라타에 들렀다가 바로 갈게.

풀죽신교와 오크들은 하벤 제국군이 르포이 평원에 도착했다는 말을 듣자마자 그곳으로 진격을 시작했다.

"선봉은 독버섯죽이다!"

"닭죽 부대와 인삼죽 부대도 지원하자!"

유저들이 너무 많아서, 르포이 평원을 향하여 12개의 방향으로 나누어서 진격이 이루어지고 있었다.

이 모습은 방송국을 통하여 중계도 되었는데, 시청자들에게는 눈을 의심할 수밖에는 없는 광경이었다.

언덕을 가득 메운 유저들이 지나간다. 그리고 또 몰려오고, 계속 몰려온다.

끝을 알 수 없는 행렬이 르포이 평원으로 이동을 하고 있었던 것이다.

해설자들은 베르사 대륙의 전쟁 역사에서도 전례가 없는 대인원이 참여한 전쟁이 벌어질 것이라고 소개했다.

"지금 영상을 공중에서 보는 시각으로 바꿔 보겠습니다. 미리 말씀드리지만, 시청자 여러분께서는 마음의 준비를 단단히 하셔야 될 것 같습니다."

텔레비전의 화면이 높은 하늘에서 평원과 언덕 전역을 내려다보는 시점으로 바뀌었다.

르포이 평원을 향하여 바글바글 몰려들고 있는 유저들!

종족도 인간만이 아니라 드워프, 바바리안, 엘프, 오크 등으로 다양했고, 직업도 각양각색이었다.

북부의 유저들이 결집했다는 소식은 렌슬럿에게도 미리 전해져서, 그는 지형상 유리한 언덕에서 전투준비를 했다.

"어느 정도는 예상했고 준비도 되어 있다. 우리는 싸우고, 이길 것이다."

하벤 제국의 정예병들은 일절 동요가 없었다.

기사들과 병사들은 거듭된 전투로 백전노장이라고 할 수 있었다. 일반 병사들의 수준도 굉장히 높아서, 그들 중에서도 기사로 승격을 앞둔 이들이 흔할 정도였다.

"놈들이 아무리 많이 오더라도 우리가 거들떠보지도 않던 초보들이다. 놈들이 무섭나?"

"전혀 그렇지 않습니다!"

기사들은 씩씩하게 대답을 했다.

"그냥 밟아 죽이면 된다. 전투가 벌어져도 놈들이 많다고 걱정하지 마라. 항상 그랬듯이 죽이고 또 죽이다 보면 승리해 있을 것이다. 막대한 전리품과 명예가 우리를 기다리고 있다. 궁수들은 일제사격을 준비하고, 마법사들은 명상을 하며 휴식을 취해라."

렌슬럿은 르포이 평원에서 적들을 기다려서 전투를 치르기로 했다.

높은 봉우리로 서둘러 이동한다면 수비가 수월하겠지만 그러다가는 위드가 일으키는 재앙에 파멸적인 타격을 입을 수 있기에 약간 경사가 있는 언덕에 자리를 잡았다.

뒤쪽으로는 강물이 흐르고 있기에 일종의 배수진을 친 것과 다름이 없었다.

하지만 북부 유저들의 수준이 낮음을 감안하면 정면으로만 싸우면 되니 절대적인 승산을 가지고 있었다.

일방적인 학살을 벌일 작정이었다.

"용감하게 우리에게 덤볐던 이들은 많다. 하지만 그들은 곧 자신들의 무력함을 알고 무너져서 다시는 이빨을 드러내지 못하였다. 이번에도 다르지 않을 것이다."

"크와!"

하벤 제국 병사들의 사기는 절정에 달했다.
그리고 풀죽신교의 무리가 나타났다.
독버섯죽과 닭죽, 인삼죽 부대!
"돌격!"
"앞으로!"
뿌우우우우!
뿔피리 소리가 울려 퍼지면서 유저들이 앞으로 달려왔다.
"아니, 이게 뭐야."
"무슨 진형도 없고, 그냥 중구난방 달려오는 게 전부인가?"
"이런 전투는 고블린 같은 몬스터들도 안 하겠는데."
헤르메스 길드원들이 보기에는 그저 헛웃음만 나오는 광경이었다.
레벨로 보나 장비로 보나 비교 대상도 되지 않는 주제에 정면으로 먼저 돌격을 해 오다니!
"사정거리에 들어올 때까지 기다려라."
렌슬럿은 적들을 보고 어이가 없어서 고개를 절레절레 저었다.
무질서하기 짝이 없는 돌격을 가해 오는 것도 어이없지만, 전쟁에 요긴하게 쓰이는 방패도 들고 있지 않은 경우가 허다했다. 게다가 밀집해서 마구 달려온다면 그대로 화살의 먹잇감이 될 수밖에 없었다.
"사격 개시!"

궁수들이 화살을 쏘았다.

하늘을 가르며 쏘아져 나간 화살들이 풀죽신교의 선봉 부대 머리 위로 우수수 떨어졌다.

"으윽!"

"아무것도 못해 보고 죽다니……."

"계속 달려라. 놈들을 해치우자!"

"물러서지 마! 우린 독버섯죽. 풀죽신교의 선봉 부대다!"

레벨도 낮고, 생명력도 적고, 제대로 된 보호 장비도 갖추고 있지 않았기 때문에 유저들은 화살에 맞아서 떼거지로 사망했다.

돌격 부대는 원래 최고의 방어력과 기동성을 확보하여 화살이 열 대씩은 꽂혀도 살아남아야 했지만, 독버섯죽 유저들은 고작해야 한두 대를 맞으면 바로 목숨을 잃었다.

―화살이 몸을 관통합니다.
갑옷이 아무런 역할도 하지 못했습니다.
생명력의 저하로 사망하셨습니다.

하벤 제국의 병력 근처에도 가지 못하고 몰살당하고 있었다.

"마법이 준비되었습니다."

"놈들을 쓸어버립시다. 파이어 레인!"

"선더 그라운드!"

돌격 부대가 달려오는 지역으로 광범위한 마법 주문이 시전되었다.

하늘에서 불의 비가 내리고, 천둥 벼락이 땅으로 내리꽂혔다.

몇 초마다 수백 명씩 죽어 나가는 대참사가 벌어지고 있었다.

"풀죽! 풀죽! 풀죽!"

그럼에도 계속 돌격하는 유저들!

"이 미친놈들."

렌슬럿과 헤르메스 길드원들은 황당하게 보고 있었다.

"아니, 정말 아무 대책도 없이 오는 거야?"

"자살을 할 것이면 그냥 혼자서들 할 것이지."

"계속 공격해라!"

풀죽신교의 세 부대는 검 한 번도 휘둘러 보지 못하고 전멸하고 말았다. 그냥 계속 돌격을 하다가 허무하게 사라져 버린 것이다.

그 후에 곧바로 나타난 죽순죽 부대!

단독 부대 구성이었지만 유저들은 무려 45만 명이 넘었다.

로열 로드를 시작한 지 3개월 이하의 초보들만 가입이 가능한 부대였다.

이들은 독버섯죽 부대만큼이나 죽음을 두려워하지 않았다.

잃을 게 없으니 눈에 보이는 것도 없다.

하벤 제국의 군대나 코볼트나, 무서운 건 마찬가지!
"갑시다!"
"아싸! 코볼트에게도 맞아 죽는 내가 헤르메스 길드와 싸우다니……."
"이왕이면 화살 두 대까지 버텨서 적들에게 피해를 더 주는 겁니다!"
"죽순죽 부대 돌격!"
초보 유저들의 일대 돌격.
어쨌거나 거대한 먼지를 일으키며 르포이 평원이 뒤흔들릴 정도의 박력이었다.
그들 중에는 간혹 조랑말이나 황소를 타고 오는 경우도 있었다.
죽순죽 부대에는 최초로 전쟁에 참여하는 유저들이 대부분이었다. 심지어 파티 사냥을 해 본 적이 없는 경우도 허다했다.
"쏴라! 다 죽여 버려라."
"마법사들은 위력이 낮은 범위 마법을 위주로 시전하라."
하벤 제국에서는 다가오는 족족 몰살을 시켰다. 하지만 그들도 일이 심상치 않다는 것은 느끼고 있었다.
적들이 보잘것없는 건 사실이지만, 너무나도 많다.
풀죽신교의 대표 통신망도 지금 북적이고 있었다.
-죽순죽 부대, 시간을 너무 오래 끌잖아요. 대기하는 부대들

이 많으니 빨리 돌격합시다!

-이번 공격이 끝나면 다음은 어느 부대죠? 놈들이 휴식할 시간을 주면 안 돼요.

-쇠고기죽 부대는 일찍 도착해서 기다리고 있습니다.

-팥죽 부대. 기다리다 보니 좀 지치는데, 팥죽 하나 끓여 먹어도 될까요?

-호박죽 부대에 참여 인원이 31만을 돌파했습니다. 현재 대기 중!

끝도 없는 인해전술!

오크와 바바리안, 엘프 종족에도 풀죽신교는 광범위하게 퍼져 있었다. 오크들을 대표하는 들깨죽, 엘프들을 대표하는 녹두죽 그리고 드워프들은 호두죽을 선호한다.

렌슬럿이 이끌고 온 하벤 제국의 병력은 아르펜 왕국을 상대하는 것이 아니라 북부 전체의 유저들을 상대로 싸워야 하는 것이다.

"화살과 마나를 아껴라. 놈들은 우리를 지치게 만들고 있는 것 같다."

슬슬 소모되는 물자들에 대한 걱정이 렌슬럿을 엄습해 왔다.

방송을 통해 알려지고 있는 소식과 헤르메스 길드의 정보망에 의하면, 지금 이곳으로는 상상도 할 수 없을 정도로 어마어마한 규모의 유저들이 몰려오고 있다고 한다.

이미 수만 명을 넘게 죽였지만 어쩌면 시작에 불과할지도 모른다는 두려움이 스멀스멀 몰려왔다.

"콩죽! 콩죽!"

"묵물죽 집결! 우리가 알려질 기회입니다. 기병들부터 선제 돌격하고, 보병들은 같이 따라갑니다!"

"보리죽! 명예를 위하여 싸울 때입니다!"

"청량죽 부대원이 죽을 장소 찾습니다! 우리 부대는 돌격하면서 단체로 마법 맞아 죽기로 했는데, 어느 쪽 방향인지 알려 주세요!"

"박죽 회원이세요? 아까 동료분들을 봤는데, 저쪽으로 2시간 정도 가 보세요."

"개암죽, 조기죽, 장국죽, 무죽 연합이 다음 차례입니다! 달려 나갈 준비를 하고 대기합시다."

"연밥죽과 산약죽, 선인죽, 모과죽에 속해 있는 마법사들은 동쪽으로 가세요. 다른 부대의 돌격이 이루어지는 동안 마법 공격을 퍼붓는 겁니다. 무리하게 큰 마법 준비하려고 하지 마세요. 그 전에 죽게 될 테니까요."

풀죽신교의 병력이 르포이 평원을 에워싸고 끊임없이 밀려오고 있었다.

그들에게는 전술이란 없었다.

계란으로 바위 치기가 불가능하다고 하지만, 이 세상의 모든 계란을 바위에 던진다면 그건 또 얼마나 무시무시한 일이겠는가.

"젠장, 이건 완전히 미친 짓이군. 기사들과 병사들은 검을 뽑아라! 근접전으로 해치운다!"

렌슬럿은 더 이상 화살과 마법 공격에만 의존하지 않기로 했다. 전투가 얼마나 길어질지 모르기에 장기전을 대비하여야 했다.

"기사단 출진!"

"이랴!"

기사단이 언덕을 내려오면서 평원을 뚫고 내달렸다.

초보 유저들 사이를 종횡무진 누비면서 광역 공격 스킬을 시전했다.

풀죽신교의 회원들이 벌 떼처럼 몰려들었지만 그들의 공격은 생명에 영향이 없을 정도의 미미한 타격만을 입히고 있을 뿐이었다.

초보 유저들이 잔뜩 모이면 기사들은 광역 스킬을 시전하며 말을 박차고 다른 곳으로 떠나 버리기도 했다.

'이건 너무나도 쉽군.'

'오늘 최소한 1,000명 정도는 베어 보는 건가.'

하벤 제국의 병사들도 진형을 갖추고 전진했다. 몸 전체를 가리는 두꺼운 방패를 앞세우고 일렬로 검을 휘둘렀다.

풀죽신교에서도 르포이 평원으로 끝없이 진격을 하며 공격을 이어 나갔지만, 철벽과도 같은 기사단과 병사들 앞에 무력하게 쓰러져 갈 뿐이었다.

끝도 없이 이어질 것 같던 살육의 현장. 상황이 급변한 것은 한순간이었다.

"위드다!"

"저쪽에서 위드가 전투를 지휘하고 있습니다."

위드가 눈에 띄는 백마를 타고 전장에 나타났다.

다른 이들이 공적을 가로챌까 걱정되어, 북부 원정군의 제4기사단의 단장 듀랄은 깊게 고민도 해 보지 않고 명령을 내렸다.

"우리가 가장 가깝다. 전속력 돌격!"

제4기사단은 위드가 나타난 곳을 향하여 전력을 다하여 돌진했다.

거추장스러운 풀죽신교의 유저들은 검을 휘둘러서 쳐 내거나 창으로 꿰뚫었다.

이번 전쟁의 가장 큰 목표는 위드와 모라타 함락이다. 그중에서도 위드를 죽인다면 최고의 공적을 세우는 셈이다.

헤르메스 길드의 포상금도 걸려 있었고, 대륙적인 큰 명예를 얻을 수 있는 기회를 놓치고 싶지 않은 것이다.

"놈은 강하다. 방심하지 마라. 그대로 돌격하면서 벤다. 돌격 스킬 사용 준비!"

듀랄과 기사단이 위드에게로 점점 가까이 접근했다.

"생명력을 조금 소모해도 좋다. 말이 지치더라도 상관없다.

우리가 할 수 있는 최고의 돌격을 사용한다. 비탄의 돌격!"

"비탄의 돌격!"

돌격 스킬이 발휘되며 기사단이 핏빛 안개에 휩싸이더니 더욱 무시무시한 속력을 냈다.

돌격 진형이 깨지지 않는 한 공격력을 3배나 끌어올려 주는 스킬이다.

전쟁을 제외하고는 대규모로 이동하는 몬스터 무리에게나 쓸 수 있는 스킬이지만, 이들은 일부러 돌격 스킬을 따로 공들여 훈련해 왔다.

돌격 스킬이 발휘되면 마법이나 화살의 집중 공격조차도 무시하면서 진행된다.

중장갑 보병들조차도 정면에서는 기사들을 막는다는 보장이 없었다. 거센 충돌에 조금이라도 밀리기 시작하면 중장갑 보병들조차도 무력하게 허물어진다.

기사라는 직업이 괜히 전장의 꽃이라고 불리는 것이 아닌 것이다.

"간다!"

듀랄과 기사단의 긴장감은 최고조에 달했다.

"죽어라, 위드!"

"너의 목은 내 것이다."

기사단이 일제히 돌격하면서, 위드의 코앞까지 별로 방해도 받지 않고 거리를 좁혔다.

"데들리 스피어!"

백마를 타고 있던 위드는 듀랄의 첫 번째 공격을 받아서 사망!

적어도 수십 차례의 공격을 막아 내고 반격도 가하여 기사단을 무너뜨리리라고 예상을 하였건만, 허무하기 짝이 없는 죽음이었다.

-아르펜 왕국 수비군 유저 순두부를 살해했습니다.

-아주 미미한 양의 경험치를 얻었습니다.

-구멍이 뚫린 낡은 가죽 바지를 획득하셨습니다.

-동전 31개를 주웠습니다.

-현재까지 죽인 적의 숫자 : 457.
 전쟁이 승리로 끝나면 공적에 따라 의뢰 보상금을 받게 됩니다. 추가로 명성이나 작위가 부여될 수 있습니다.

"어라?"

듀랄과 그를 따르던 기사단은 황당했다.

엄청난 공방전이 벌어질 줄만 알고 흥분에 빠져들었는데 급작스럽게 끝나 버린 것이다.

다시 정신을 차리기도 전이었다.

"그물을 던져라!"

좌우에서 촘촘하게 연결된 그물이 던져졌다.

"함정인가. 베어 버려!"

"잘라 내라!"

물소의 가죽에 강철 실로 꿰맨 이 그물은 모라타에서 마스터 퀘스트에 도전하고 있는 재봉사 드라고어가 다른 친구들과 협력하여 만든 제품이었다.

전쟁의 신 위드와 싸움을 벌인다고 생각하고 있었기에 그 후의 일이나 주변까지 세세하게 살피기가 어려웠던 듀랄과 기사단은 속절없이 그물에 걸려 버렸다. 기사들은 검을 휘둘러서 그물을 베었지만 쉽게 잘리지 않고 금세 뒤엉켰다. 말과 함께 포획되어서 넘어지기도 했다.

"얼른 깔아!"

유저들은 땅에 뾰족한 강철 스파이크도 뿌렸다.

이것은 대장장이 헤르만이 작업 동료들과 함께 제작한 제품!

말들에게는 천적이라고 할 수밖에 없는, 위험하기 짝이 없는 물품이었다.

푸히히힝!

절반 정도의 기사들은 요행히 돌격하던 속도를 유지하면서 그대로 위험지역을 빠져나왔다. 하지만 계속 다른 적들이 몰려들고 있었기에 방향을 돌려서 되돌아가기는 어려웠다.

쓰러져 있는 기사들에게는 풀죽신교의 흑임자죽과 애호박

죽 부대가 쇄도했다.

"내가 하벤 왕국에서 시작해서 너희 땜에 진짜 지겹게도 당했다! 아직도 꿈자리가 뒤숭숭할 정도야. 늦잠도 내 맘대로 못 잔다니까. 북부까지 넘보려고 하는 너희의 뜻대로 놔둘 것 같아?"

"잘 왔다. 너희가 이곳까지 올 것 같아서 사냥 열심히 하고 칼 갈면서 기다려 왔다!"

중앙 대륙에서 시작하여 북부로 옮겨 온 풀죽신교의 정예들이 그물에 갇히고 고립된 기사들을 살육했다. 초보자들 사이에 숨어서 활약하던 그들이 땅에 떨어지고 분산된 기사들을 처치하는 역할을 맡은 것이다.

"내가 위드다!"

"저기 위드가 나타났다!"

"아니다! 속지 마라! 위드와 비슷한 놈들이 활약하고 있다!"

오늘 밤에도 배가 고프지
야식을 먹고 잠드는 날이면 행복한 꿈을 꾸네
어제는 고구마죽을 먹었으니
오늘은 대추죽을 마시리라
독버섯은 어디에 있는가
고기를 좋아한다면 멧돼지죽이지
풀죽신교의 영광은 영원하리라

"이번엔 진짜다. 돌격해!"

"안 돼! 함정이야!"

도처에 가짜 위드들이 날뛰면서 하벤 제국의 군대를 교란시켰다.

풀죽신교의 유저들이 어마어마하게 몰려들면서 사람의 장막으로 돌아다니며 싸우는 하벤 제국의 군대를 고립시키고 있었다.

위드의 평범하기 짝이 없는 외모, 게다가 대장장이들이 협력하여 만들어 낸 비슷한 갑옷을 착용하고 있었기 때문에 헤르메스 길드의 유저들은 혼란스러울 수밖에 없었다.

하벤 제국의 병사들이 진군하고 기사들이 휩쓸고 지나가더라도, 그 후에 그 지역은 다시 풀죽신교의 무리가 차지했다.

밀려들어 오는 풀죽신교의 깃발이 사방에 온통 가득했다.

"모라타를 위해!"

"수진아, 사랑해!"

"바드들이여, 목숨을 잃을 때까지 연주를 합시다! 우리의 전투를 노래하죠!"

북부의 유저들을 거의 일방적으로 도살하듯이 죽이고 있었지만 하벤 제국군도 조금씩 위협을 느끼지 않을 수가 없었다.

없애고 또 없애도, 적들이 너무나도 많다.

"자, 모두 힘을 냅시다."

존경받는 모험가 스펜슨은 금역 아골디아에서 찾아낸 제

례용 성녀복과 기사복을 가져왔다.

 일대의 성직자와 기사 들의 능력을 강화시켜 주는 발굴 아이템!

 물론 같은 편에게만 적용되는 물품이었다.

 "우왓, 힘이 15개나 늘어났어!"

 "나도 레벨이 7개는 더 강화된 것 같아. 이 기분이라면 배고픈 하이에나도 잡을 수 있겠는데!"

 "죽여라! 한 놈만 죽여도 대박이다!"

 풀죽신교의 유저들은 더욱 거침없이 덤벼들었다.

 일대일로 싸워서는 하벤 제국의 병사도 이기지 못할 실력이었지만 계속 덤벼들었다.

 어떻게 이기느냐는 중요하지 않다. 뒤에서 줄 서서 돌격하고 있었기 때문에 무조건 앞으로 나아갈 뿐!

 르포이 평원에 오면서 다들 죽을 각오를 했다. 그 각오 그대로, 하벤 제국의 병력에 겁 없이 부딪쳐 가고 있었다.

 "클클클."

 "우리의 차례가 왔군."

 "기다리고 있었죠."

 해골 지팡이를 든 마법사들이 풀죽신교의 무리 사이에서 나타났다.

 그들의 직업은 네크로맨서!

 쟌, 오템, 보흐람, 헤리안, 그루즈드, 바레나, 고슈.

위드와는 바르칸 데모프가 이끄는 불사의 군단에서 함께 했던 인연으로 모라타에 정착하고 살아가고 있었다.

어차피 네크로맨서들은 혼자서 사냥을 많이 다니기에 어떤 곳이든 몬스터와 던전만 많다면 상관은 없다. 하지만 그들에게도 거점 도시는 필요했다. 네크로맨서 직업을 택한 유저들이 모여서 길드를 세워 연구를 하고 마법학을 향상시킬수록 새롭고 강력한 마법들을 터득할 수 있게 되기 때문이었다.

헤르메스 길드 아렌 성 부근의 슬럼가에도 그로비듄을 대표로 하는 네크로맨서 길드가 있었다. 모라타에는 그보다 훨씬 많은 네크로맨서들이 살아가고 있었으며, 평균 수준도 높은 편.

갈비뼈를 자주 잃어버리는 덜떨어진 해골들과 함께하는 초보 네크로맨서들은 셀 수가 없을 정도였다.

"크흐흣, 이거야말로 축제로군."

"시체가 많으니 어디 마음껏 날뛰어 봅시다."

"우리가 하고 싶은 대로 해도 되겠어요. 네크로맨서가 얼마나 강한지 알고 싶었는데 말이죠."

"그럼 전장의 예의를 지키기 위한 인사부터… 시체 폭발!"

하벤 제국의 병력이 있는 곳에서 연쇄 폭발이 일어났다.

해골이나 듀라한, 데스 나이트 몇 마리 일으키는 것은 무의미하다. 사방에 널린 게 시체이니 볼 것 없이 마구 터트리는 것이다.

시체 폭발은 파괴력이 매우 강한 마법이라서 하벤 제국의 병사들도 적지 않은 고통을 당해야 했다.

쟌과 오템처럼 최고위 네크로맨서들은 수준부터가 달랐다. 시체 폭발의 발전된 형태인 뼈 폭발까지도 사용했다.

시체의 뼈들이 뒤쪽 방향으로 튀어 나가면서 연쇄적으로 폭발을 일으켰다. 그것에 맞아서 죽은 시체의 뼈까지 연달아서 계속 터졌다.

수십 명의 하벤 제국 병사들이 우습게 죽어 나갔다.

시체를 수족처럼 다루는 네크로맨서만이 보여 줄 수 있는 공격력이었다.

"취익, 이번에는 우리 차례다!"

오크들도 왁자지껄 떠들면서 나타났다. 무시무시한 번식 속도를 자랑하는 그들은 수컷과 암컷을 가리지 않고 모조리 이곳으로 달려왔다.

"가자, 취치칫!"

"전투는 오크다. 오크는 전투다. 취잇잇!"

글레이브를 휘두르는 오크 전사들의 난입으로 전장은 더욱 복잡해졌다.

이들과는 달리, 지극히 은밀히 활동하는 사냥꾼들도 있었다.

"죽어라, 이 초보들아!"

어쩌다 무리에서 떨어져 나와 활동하는 헤르메스 길드의

고레벨 유저들!

그들은 100명의 초보들에 둘러싸이더라도 전혀 개의치 않았다. 1,000명 이상을 정신없이 살육하다 보면 공격에만 치중하게 되고 동료들과 떨어지는 경우도 많았다.

"포이즌 대거!"

"커헉!"

그들의 등 뒤를 찌르는 은밀한 단검!

레벨 410의 도둑, 호칭 '더러운 손버릇'을 달고 있는 잰슨의 암습이었다.

"샤프니스 소드."

푹푹푹푹푹!

"끄윽, 이 비겁한 놈이 갑자기……."

"잘 가라. 아이템은 잘 가질게."

너무나 허술한 적들 사이를 종횡무진 날뛰면서 일시적으로 시야가 가려지는 것 따위는 신경도 쓰지 않는 고레벨 유저들! 도둑과 암살자에게 있어서는 최고의 사냥터, 최고의 사냥감이나 다름없었다.

몇몇 레벨이 높은 도둑들만이 아니었다.

기사와 전사, 마법사, 궁수 중에서도 유난히 레벨이 높은 유저들이 풀죽신교에 섞여서 대활약을 했다.

"마침 갑옷을 바꿀 때가 되었는데… 헤르메스 길드원들이라면 좋은 갑옷을 많이 착용하고 있겠지."

"안 그래도 애 학원비가 필요하던 참이었는데 북부까지 와 주다니 고맙기도 하군."

다크 게이머들이라고 이런 기회를 놓칠 수는 없는 것 아니겠는가.

하벤 제국의 병사들과 기사, 헤르메스 길드의 유저들을 해치우면 좋은 전리품을 획득하고 명성과 공적치까지도 쌓을 수 있다. 부대에 편성되어서 선두로 나서기는 부담스럽지만, 풀죽신교의 무리에 섞여 있으면서 얼마든지 조용히 전투를 치를 수 있었다.

개별적으로 활동하는 헤르메스 길드의 유저들과 고립된 기사, 너무 앞서 나온 병사들은 진정 찬탄하지 않을 수 없는 훌륭한 사냥감이었다.

"범위 마법을 사용하여 적들을 줄여라."

"궁수들은 너무 화살을 아끼지 말고 쏴!"

강가에 있던 하벤 제국의 사제들과 궁수, 마법사 들은 후방 지원을 맡았지만 그들도 안전하지는 못했다. 강에서도 유저들이 뗏목을 타고 건너오고 있었기 때문이다.

지원을 나온 게죽 부대, 옥돔죽 부대, 삼치죽 부대!

유저들로 붐비는 강가에서는 크고 긴 몸을 가진 생명체가 길고 두꺼운 몸통을 흔들며 네발로 빠르게 기어 다녔다.

하벤 제국의 사제를 통째로 삼키고 강물로 들어가는, 대형 악어 나일이었다.

"음, 잘 싸우고 있군."

위드는 이번 전투를 위해서 개인적으로 많은 준비를 했다.

아르펜 왕국의 정규 군대를 끌고 왔으며, 조각 생명체들도 총동원시켰다.

조각 부활술을 통해서 더 특별한 준비들도 할 수 있었지만, 풀죽신교가 대거 몰려오면서 그럴 필요는 없어졌다.

"게르니카."

"우하!"

"소리 지르지 마. 그래서 시집이나 가겠냐. 빈덱스."

"명령만 내리세요. 누굴 썰어야 되나요."

"엘틴."

"화살로 꼬치를 만들어야 할 녀석이 누구죠?"

부하들의 훌륭한 인성 교육!

적들이 북부로 쳐들어오니 조각 생명체들의 분위기도 험악했다.

"독사."

"쥐리릿!"

"지렁이."

"쿠그그긍!"

"나일이."

"걔는 아까 배고프다고, 맛만 보겠다고 먼저 갔어요."

대기하고 있는 조각 생명체들만 해도 아주 많았다.

지골라스의 47마리 외에도 와이번들과 불사조, 빙룡, 금인이, 누렁이 등등.

일단 대재앙을 일으켜서 하벤 제국의 군대를 타격하고, 조각 부활술로 무시무시한 존재를 저들 사이에 놔둔다. 그 후에 조각 변신술로 카리스마 넘치는 지휘관이 되어 군대와 조각 생명체들을 이끌고 싸운다는 것이 애초 위드의 계획이었다.

"아직은 내가 할 것이 없겠군."

지금으로써는 르포이 평원을 에워싸고 있는 풀죽신교의 병력을 뚫고 들어가는 것만으로도 시간이 많이 걸릴 것 같았다.

"계획을 바꿔도 되겠군. 적들을 물리치는 게 아니라 단 1명도 살아서 이곳을 벗어나지 못하게 해야 되겠어."

위드에게 헤르메스 길드의 모든 유저들과 하벤 제국의 원정군에 동참한 유저들 그리고 NPC들로 구성된 기사들과 병사들에 대한 개인적인 원한 같은 건 없었다.

그들은 자존심 때문에라도 북부까지 찾아왔지만, 그건 위드의 입장에서 보자면 아주 사치스러운 감정.

그저 그들이 착용하고 있는 아이템과 가지고 있는 돈이 탐났을 뿐이다.

"기다리는 동안 조각품이라도 만들고 있어야 되겠군."

서윤의 검은 완전한 핏빛으로 물들었다.

싸울수록 강해지는 광전사답게, 르포이 평원의 전장에서 거침없이 하벤 제국의 병사들을 베었다.

"힘내세요!"

"치료의 손길!"

서윤의 주변에서는 풀죽신교 회원들이 그녀를 응원했다.

"동쪽에 마법 공격요! 제가 막아 드릴게요. 피지컬 쉴드!"

"기습이다! 어딜…….'

북부의 유저들은 서윤에게로 향하는 공격을 대신 맞아 주고, 상처가 심하게 나면 마나를 쥐어짜 미약하지만 치료 마법도 써 주었다.

르포이 평원에서는 하벤 제국이 비열한 악당이며, 상종조차 할 수 없는 간악한 무리, 그리고 바퀴벌레보다도 혐오스러운 적이었다. 그들과 싸움을 하는 모든 이들이 동료였고, 잘 싸우는 이들은 영웅 대접을 받았다.

"멀티플 샷!"

페일도 동료들을 데리고 전쟁에 참여했다.

그는 언덕의 정상에 자리를 잡고 적들을 향하여 마구 화살을 쐈다. 화살통을 30개나 가져왔을 정도로 준비는 철저했다.

"미안해요. 조금 아플 거예요. 파산권!"

수르카가 기사의 복부를 강타했다.

권사의 공격은 갑옷을 뭉개고, 마나를 내부로 투입하여 파괴력을 극대화시키는 효과를 갖는다. 하벤 제국의 기사들이 말을 타고 질주하는 옆에서 가만히 기다리고 있다가 낙오된 적들에게 덤벼드는 그녀였다.

"이긴다! 우리가 이길 수 있다!"

풀죽신교에서는 기사들이 1명씩 죽어 나갈 때마다 희망으로 가득 찼다.

죽은 사람의 비율로 따지자면 하벤 제국이 비교가 불가능할 만큼 압도적으로 적었지만, 무적이라고 불리던 그들도 차츰 병력이 줄어들고 있었다. 그에 비하여 북부의 유저들은 뒤늦게 소식을 알고 참전을 하기 위해서 달려와 계속 기다리고 있다.

동네 고등학생이 초등학생을 좀 괴롭혔더니 인근 10개 초등학교 학생들이 몽땅 달려 나온 것 같은 난감한 상황!

"저 여자부터 확실히 해치워라!"

서윤에게도 여러 기사들이 붙었다. 그녀의 강함이 보통을 훨씬 넘어서는 정도였기에 하벤 제국의 제3기사단이 직접 공격에 나선 것이다.

근처에 있던 풀죽신교의 무리는 금세 죽어 버리고, 서윤은 기사들의 집중 공격을 받았다.

"투혼의 검!"

채재재쟁!

기사들이 검을 휘두르면서 밀어붙였다.

다수의 강한 기사들을 상대로 힘겹게 버티는 그녀!

광전사의 강인한 특성, 불리한 전투를 많이 해 본 그간의 경험이 아니었더라면 금세 쓰러졌으리라.

위기의 순간에는 결혼반지를 통해 위드로부터 생명력을 전해 받을 수도 있지만, 하벤 제국 기사들의 공격이 워낙 매서웠다.

방송국에서도 그녀와 기사단의 싸움을 발견하고 중계를 했다. 르포이 평원에서의 거대한 전투도 대단하였지만 서윤과 기사단의 싸움처럼 박진감이 넘치는 것은 드물었다.

"북부의 편에서 전투를 치르는 저 여성 전사는 과연 누구일까요?"

"아마도 과거 지골라스에서 위드와 함께 모험을 했던 그 유저인 것 같습니다."

"역시 위드의 동료답게 강하네요."

"그 점을 알고 헤르메스 길드에서도 거세게 공격을 하고 있는 것이겠죠."

방송국들의 시청률도 이미 종전의 최고 기록을 갱신하고 있었다.

기사단이 말을 타고 달리며 창으로 찌르고 검으로 내려친다. 어디서 이렇게 장대하며 치열한 전투를 볼 수 있겠는가.

이만큼의 유저들이 하나의 전장에 모인 일 자체가 최초였다.

북부 전체 유저 중의 삼분의 일은 르포이 평원에 왔거나 오기 위하여 이동 중이었기 때문.

서윤과 기사단의 싸움이 거세질수록 흥미진진한 장면이 계속 연출되었다.

그녀는 호락호락하게 당하지 않고 반격을 가하여 4명을 해치우고, 8명이나 말에서 떨어뜨렸다.

전장에서 말을 잃어버리는 것은 기사로서는 뼈아픈 손실!

"죽여 버린다!"

광분한 하벤 제국의 기사들이 서윤에게 파상 공세를 펼쳤다.

"어떻게 해. 저 사람, 저렇게 싸우다가는 곧 죽겠어!"

"어서 빨리 갑시다!"

"사제들은 치료 마법을 계속 써 주세요!"

"누구 레벨 높은 분 있으면 저 여자분과 같이 싸워 주세요! 이곳입니다. 부탁드립니다!"

풀죽신교의 유저들이 도와주려고 했지만 그들의 미미한 힘으로는 역부족이었다.

-내구력이 0이 되어 아이템이 소실되었습니다.

갑옷과 투구 등은 아직 괜찮았지만 서윤이 착용하고 있던 가면의 내구도가 바닥이 나고 말았다.

가면이 깨져 버리는 순간 그녀의 얼굴이 고스란히 드러났다.

순간 주변에 시간이 멈춘 듯 정적이 찾아왔다.

맹렬한 적개심으로 싸우던 헤르메스 길드의 기사 유저도 모조리 동작을 멈췄다.

방송국들에서 중계하는 영상을 통해 집집마다, 특히 남자들은 들고 있던 닭 다리를 떨어뜨릴 정도의 충격!

그리고 풀죽신교의 유저들은 눈을 의심했다.

"여신······."

"여신이다!"

모라타의 얼음 조각상!

풀죽신교에서는 보물 1호로 지정할 정도의 작품의 실존 인물이 나타난 것이다.

"여신이 등장했습니다!"

"오오오오!"

"기적이다! 정말 신이 있었는가."

"어떻게 저런 외모가······."

여신의 현신은 전투에 지쳐 가던 풀죽신교에 새로운 활력을 불어넣어 주었다.

"여신이 우리와 함께한다!"

"여신님을 지켜라!"

"순교! 순교! 순교! 순교!"

누렁이 위에서의 전투

르포이 평원에는 직업 마스터 퀘스트에 도전하는 암살자도 있었다.

"이번에는 레벨 300 이상 100명을 암살해야 하는데… 편하게 되었군."

암살자는 다크 게이머들처럼 풀죽신교의 무리 사이에 섞였다.

공격만 성공하면 기사들은 정말 좋은 먹잇감이었다.

갑옷의 틈새, 미리 정해 놓은 위치를 독과 저주가 걸려 있는 단검으로 정확히 찔렀다.

생명력이 많아서 버티더라도 움직임이 둔해지고, 해독을 하지 못하는 이상 반드시 죽는다. 암살자의 맹독 제조술은 어지간한 사제가 아니고서야 해독이 불가능했기 때문이다.

이런 난전에서 어떻게 사제를 만나고 정확히 증상을 말하여 치료를 받을 수 있겠는가.

암살을 성공시킨 후에는 다시 그림자나 유저들 사이에 섞였다.

그림자 아래에 숨는 은신술은 기본, 유저들 틈에 섞이게 되면 복장도 그들에게 자연스럽게 맞춰지는 변장 스킬까지 가졌다.

"뭐, 우리도 북부에 정착을 하기로 했으니……. 그나마 우리를 받아 주는 곳도 아르펜 왕국뿐이지."

"위드와는 개인적인 관계도 있으니 싸워 줘야지."

진홍의날개 길드.

한때 화려한 길을 걸었지만 철저히 몰락하고 나서부터 중앙 대륙에서는 살아가지를 못했다.

벨소스 왕의 저주를 깨우고, 차가운장미 길드가 본 드래곤 레이드를 성공시킬 때 뒤통수를 치다가 일을 그르치게 했던 사건으로 고향을 영구히 떠나게 되었다. 북부에 와서도 죽은 듯이 조용히 지내고 있었지만, 하벤 제국이 침공하자 함께 싸우기 위하여 나선 것이다.

"우리가 유일하게 인정을 하는 국왕 위드를 위하여……."

"뭐, 어쨌거나 헤르메스 길드 놈들과 싸우는 것도 재미있는 일이지."

진홍의날개 길드만이 아니었다.

북부에 정착한 수많은 길드, 아르펜 왕국의 영주들도 세력을 이끌고 참전했다.

"여기가 어떻게 일군 땅인데 쳐들어와!"

"이 헤르메스 돼지 놈들은 양심도 없어."

북부에 터를 잡고 있다가 몰려온 각양각색의 세력들과, 그렇게 죽고도 아직도 무지막지한 수가 남은 다양한 풀죽신교의 무리가 렌슬럿이 이끄는 하벤 제국의 병력을 향해 끝없이 돌격하고 있었다.

팥죽, 녹두죽, 양원죽, 조죽, 청량죽, 흑임자죽, 콩죽, 부추죽, 콩나물죽, 호박죽, 흰죽, 보리죽, 낙지죽, 게죽, 붕어죽, 생굴죽, 조기죽, 잣죽, 추어죽, 밤죽, 도토리죽, 호두죽, 갈분죽, 강분죽, 변두죽, 장국죽, 버섯죽, 우유죽, 선인죽, 매화죽, 고구마죽, 감자죽, 죽엽죽, 깨죽, 계란죽, 단팥죽, 쇠고기죽, 타락죽 부대!

르포이 평원을 멀리서부터 에워싼 유저들은 마치 망망대해처럼 끝도 없이 펼쳐져 있었다. 그리고 그 한가운데 오롯이 돋아나 있는 외딴섬, 헤르메스 길드!

"이, 이건 도무지……."

"화살이 전부 떨어졌습니다!"

"궁수들은 마나 화살을 쏘거나, 그럴 수준이 안 되면 전장으로 달려가서 화살을 수거하면서 싸워라."

"마나를 아껴라! 마법사들을 보호해라!"

하벤 제국의 정예 군대는 북부를 점령하기 위하여 왔다. 군대의 전력도 굉장하고, 부대의 균형도 잘 잡혀 있었다.

하지만 어마어마한 숫자의 북부 유저들이 죽자고 달려드는 데에는 대책이 없었다.

아무리 시간이 흘러도, 아무리 많은 숫자를 죽여도 조금도 줄어드는 느낌이 들지 않는다는 점에서 풀죽신교가 가하는 압박감은 실로 어마어마한 것이었다.

"대륙을 구하는 영웅, 아르펜 왕국의 국왕 폐하를 위하여 싸우자!"

"호르스 마을에서 자유 기사 드반이 왔다. 이 목숨이 다하는 날까지 영광을 위해 싸우리라!"

"자유 기사 라소! 정의를 위하여 목숨을 바치리라."

하벤 제국의 군대가 아르펜 왕국을 침략하자, 대륙의 떠돌이 자유 기사들이 대거 찾아왔다. 위드가 가지고 있는 '대륙을 구하는 영웅' 호칭 때문에 NPC 자유 기사들이 한 자루 검을 높이 치켜들고 말을 몰고 나타난 것이다.

"니플하임 제국의 마지막 기사들이여! 니플하임 제국의 영광을 다시 이룩할 수 있는, 우리의 새로운 국왕 폐하를 위하여 싸우자!"

벤트 성의 기사들 그리고 니플하임 제국의 기사들도 나타나서 하벤 제국의 기사들과 맞붙었다.

"돌격하라!"

"최고 속력으로!"

벤트 성의 기사들과 하벤 제국의 기사들이 상대를 향하여 마주 달렸다.

기사들끼리의 전력은 얼추 비슷한 수준이었다. 헤르메스 길드에서 기사단에 많은 투자를 하였지만, 벤트 성의 기사들 또한 끊임없이 몬스터와 싸우면서 살아왔기 때문이다.

헤르메스 길드에 속해 있는 기사 유저들이 전반적으로 레벨은 더 높은 편이었지만, 그들은 당황한 나머지 전력을 최대한 발휘하기 힘들었다.

아무리 베어도 끝이 없을 뿐만 아니라, 북부 측에는 새로운 응원군이 계속 나타나고 있었기 때문이다.

기사들끼리의 접전이 벌어지면서 쌍방에서 부상자들이 다수 발생했지만, 그 후의 결과는 양측이 판이하게 달랐다.

낙마한 벤트 성의 기사들은 북부의 유저들이 철저히 보살펴 주었다.

"다치셨어요? 사제님, 여기 이쪽요!"

"치료의 손길!"

곧바로 신성 마법으로 치료를 해 주고, 하벤 제국의 기사단으로부터 숨겨 주기도 한다.

반면에 하벤 제국의 기사가 땅에 쓰러지면 가차 없었다.

"야, 밟아!"

"광부님들, 여기요! 이쪽으로 곡괭이 가져오세요!"

"그물을 뒤집어씌우고 못 일어나게 해요!"

북부의 유저들이 개미 떼처럼 모여들어서 뒤덮어 버렸다.

그런 공격에도 불구하고 일어나서 도망에 성공하는 하벤 제국의 기사들도 있었지만, 전투에 동원되는 풀죽신교의 수준도 차츰 높아지는 중이었다.

전투가 벌어진 초반에는 화살과 마나를 소모시키기 위하여 레벨 50대 이하의 부대들이 주로 희생양으로 나섰지만, 이제는 레벨 200대가 넘는 중급 부대들이 대거 등장!

착용하고 있는 갑옷과 검, 사용하는 정령술, 마법, 화살의 수준이 대대적으로 올랐다.

헤르메스 길드의 유저들은 평소에는 레벨 200대의 유저들도 사람 취급을 하지 않았다.

"사냥터에서 모조리 내보내."

"이 퀘스트는 앞으로 못 받도록 던전 폐쇄해. 앞으로 이 퀘스트를 하는 유저가 있다면 척살령에 올린다."

유저들이 제국에 이익이 되는 유리한 퀘스트만 수행하게 하는 방식으로 관리를 해 왔다. 실질적으로 노예나 다름이 없었다.

그러나 아르펜 왕국의 레벨 200대의 유저들은 단단히 뭉쳐 있었다.

모라타의 초기부터 같이 성장해 온 유저들이라서, 충성심도 남달랐다. 위드가 모래죽, 낙엽죽, 돌멩이죽을 요리하더라도 기꺼이 고맙게 먹을 수준으로 세뇌가 되어 있는 것이다.

"적들을 갈라놓고, 사제들을 해치워라."

"보급 부대를 향하여 기병 돌진!"

헤르메스에서는 한없이 깔보던 레벨 200대의 유저들이지만, 뭉쳐서 전술도 쓸 줄 알았다.

그들이 하벤 제국보다 유리한 것은 딱 한 가지였다.

자기 자신이 죽더라도, 그 뒤에 있는 누군가가 계속 싸울 거라는 믿음.

기꺼이 죽음의 길로 달려가면서 하벤 제국의 병력을 붙잡았다.

"총사령관님, 이런 식으로는 곤란합니다."

"더 늦기 전에 퇴각을 고려해야 합니다."

헤르메스 길드의 유저들이 렌슬럿에게 조언을 했다. 아직까지 크게 패배한 건 아니지만 상황이 점점 더 좋지 않게 돌아갔다.

"궁병들은 곧 무용지물이 됩니다."

"갑옷은 그렇다 치더라도 너무 많이 휘두른 나머지 무기들 상태가 말이 아닙니다. 이런 식이라면 나중에는 초보자들이 떨군 검이라도 주워서 싸워야 할 판입니다."

"병사들의 체력이 떨어지고 있어서 휴식을 필요로 합니다."

하벤 제국의 병력이 지금까지 죽인 풀죽신교의 유저 수가 백만 명이 훨씬 넘었다. 그런데 지쳐 가는 건 자신들 쪽이었다.
"아직은 더 싸울 수 있다. 전원 자리를 지켜라. 적들이 싸우러 온다면 기꺼이 모두 죽인다."
렌슬럿으로서는 굴욕적인 일이었다.
그는 전쟁의 신 위드와 싸우기 위하여 기꺼이 북부까지 왔다. 지략과 용맹을 겨루면서 최고의 승부를 펼치고 싶었다. 전술가로서 다시 보기 힘든 명승부를 벌이려고 하였던 것이다.
그런데 이런 상상도 못 한 무자비한 인해전술로 아르펜 왕국의 땅을 밟자마자 퇴각을 거론하게 되다니 화가 나지 않을 수가 없다.
아무리 죽여도 적들은 계속 증원되었다.
"풀죽! 풀죽! 풀죽!"
"둥굴레죽에서 참전하였습니다."
"동쪽 방향으로 마법 공격을 합니다! 알아서들 피하세요."
"그쪽으로 화살도 날아가요!"
렌슬럿에게 이제 전장의 소란스러움은 짜증스럽게 들릴 지경이었다.
이만큼 죽어 나가면 도망칠 만도 한데 북부 유저들의 사기는 여전히 최고로 드높았다.
"이기기 위해서 싸우는 게 아니라 마치 죽으려고 싸우는 것 같다. 뻔히 죽을 걸 알면서도 싸우러 와. 자신의 이득을 생각한다면, 어떻게 이런 일이 벌어질 수가 있는 거지?"

풀죽신교의 잡초 근성!

오직 모라타에서 살아온 유저들만이 이해할 수 있는 감정의 교류가 있었다.

― 대륙의 어느 곳을 가더라도 모라타만큼 좋은 곳은 없다.
― 모라타는 우리의 손으로 지켜야 된다.
― 폐허에서 일어선 모라타다. 내가 성장하면서 같이 커 온 도시다.
― 어렵고 힘들어도 우리는 지킬 수 있다.
― 나는 죽어도, 도시가 남아 있다면 다시 시작할 수 있다.

모라타, 아르펜 왕국을 지키기 위해서는 기꺼이 죽을 수 있다.

누가 르포이 평원으로 억지로 끌고 온 것이 아니라 스스로 달려온 것이다.

그리고 일어나는 거대한 함성!

"우와아아아아!"

"만세!"

"풀죽! 풀죽! 풀죽!"

유저들이 르포이 평원이 떠나가도록 큰 함성을 질러 대고 있었다.

저 멀리 태양을 등지고 날아오고 있는 거대한 아이스 드래곤.

 아르펜 왕국의 대표적인 생명체 중 하나인 빙룡!

 그리고 빙룡의 머리 위에는 위드가 서 있었다.

 슬슬 하벤 제국의 군대가 지칠 무렵이 되었다고 판단, 수금을 위하여 출동한 것이다.

 불사조와 와이번, 다른 조각 생명체들도 당연히 함께였는데, 이 정도는 놀라움의 일부분에 지나지 않았다. 위드의 뒤에서 엄청난 크기의 섬, 조인족들이 거주하는 천공의 섬 라비아스가 통째로 따라온 것이다.

 렌슬럿이 데려온 군대와의 싸움은 애들 장난처럼 느껴질 정도로, 갑작스럽게 커지는 스케일!

"저거 도대체 뭐야."
"우리가 생각하는 그게 맞는 건가?"
"진짜 장난 아니다."
"괜히 전쟁의 신 위드 님이 아니야."
"노는 물이 다르네."

 풀죽신교의 유저들이 목이 부러져라 위를 쳐다보고 있는 사이에, 라비아스에서 조인족들이 날아올라서 하늘을 뒤덮기 시작했다.

썩은 냄새가 하늘까지 와 닿네
이 퀴퀴한 냄새는 내 머리카락에서 나는 것 같아
비가 내리는 날에는 이불 빨래 걱정을 하지

라비아스의 조인족들은 이상한 노래에 고개를 갸웃거렸다. 그러나 위드의 노래는 그치지 않고 계속되었다.

집안일은 아무리 해도 매일 새로 생기지
밥, 청소, 빨래, 설거지
손님이 오더라도 반갑지가 않지
너희에게 줄 밥은 없다네
과일도 없고, 과자와 마실 차도 없어
도시가스 요금에 전기세까지 오르는 이놈의 세상

"과연 품격이 달라."
"흔한 말들인데도 깊은 고뇌와 함께 불가사의한 뜻을 전달하고 있는 시적인 표현이군."
위드의 노래에 어떤 심오한 비밀이 숨어 있을 거라고 여기고 연구했던 유저들도 꽤 되었다. 그들을 다시 혼란에 빠지게 하는 가사를 부르며 위드가 등장했다.
"진형을 새로 짜라!"
"전원 수비 진형으로!"

"집결하라!"

하벤 제국의 군대에서는 난리가 났다.

풀죽신교와 싸우면서 부대별로 제멋대로 떨어져 있었지만, 이제는 무조건 모여서 방어 진형을 구축해야 했다. 위드가 등장하고 나서부터가 진짜 전투라고 할 수 있기 때문이다.

대재앙을 일으키거나, 거대한 언데드 부대들을 통솔하는 건 아주 두려운 일이었다. 게다가 이 느닷없는 출현 역시 완전히 뒤통수를 친 것이나 다름이 없다.

위드와 그의 부하들을 상대하기 위해 각종 전술을 준비하고 연습도 해 왔지만 하늘에서 뜬금없이 나타났기에 모든 것들이 무용지물이 되었다고 할 수 있었다.

"총공격을 준비하고, 각자 조인족들의 공격에 끌려가지 않도록 대비도 하라."

궁병들은 전장에서 입수한 화살을 시위에 끼워 하늘을 향하여 조준을 했다.

마법사들도 각기 최상의 공격 주문을 외웠다.

기사들과 병사들도 밀집하여 하늘에서의 공격에 대응하려고 했다.

그리고 원정군의 헤르메스 길드원들의 얼굴에서는 핏기가 싹 가셨다.

"어떻게 다 모였는데 이런 숫자밖에 안 되는 거지?"

"아무리 마구 뒤섞여 싸웠다고 해도, 그사이 이토록 많이

죽었단 말인가?"

르포이 평원을 휘젓고 다니던 기사들과 병사들이 삼분의 일 가까이나 확 줄어 있었다.

헤르메스 길드의 유저들이 미처 느끼지 못하는 사이에 NPC 부하들은 풀죽신교에게 밟혀서 죽고, 다크 게이머들과, 북부의 고레벨 유저들에게 당해 버렸던 것이다.

위드는 등장하자마자 바로 공격을 개시하지 않고 뜸을 들였다.

'조인족은 엄청나게 강력한 종족인데……'

'풀죽신교라고 했던가, 저들과도 싸워야 되는데 거기에 위드와 그의 괴물 부하들, 조인족들까지.'

그를 올려다보며 기다리는 헤르메스 길드의 유저들은 심장이 울렁거려 숨도 제대로 쉬기 힘들 지경이었다.

하늘에서 빙룡을 타고 있는 위드와 천공의 섬은 커다란 부담이었다. 무엇보다 전쟁의 신 위드라는 무게감이 그들의 어깨를 짓눌렀다.

'이건 아니었어. 이런 방식은.'

렌슬럿은 평원, 계곡, 협곡, 능선, 요새 등의 적당한 지형에서 전술을 변화시키면서 위드와 싸우게 되리라고 생각했다.

하벤 제국의 군대는 아르펜 왕국의 빈약한 정규군은 물론이고 조각 생명체들도 충분히 제압할 수 있는 전력이었다.

하지만 위드에게는 북부의 유저들이 있었고, 그들은 초보나 고레벨이나 가리지 않고 렌슬럿의 부대를 막기 위하여 참전했다. 그들이 나선 것만으로도 전력에 큰 차이가 생겨서 격퇴를 당하게 생긴 것이다.

사실 헤르메스 길드에서도 아르펜 왕국의 유저들이 참전하리라고 예상은 하였지만, 이렇게까지 많이 오리라고는 누구도 염두에 두지 못했다.

지금도 풀죽신교에서는 위드의 명령만 떨어지면 함성을 지르고 달려들 준비를 마쳐 놓고 있었다.

위드는 가벼운 인사부터 하기로 했다.

"굳이 쓰지 않아도 전투에서 이기는 데에는 문제가 없을 것 같지만… 그래도 이렇게 모여 있는 이상, 예의상 사용해 줘야겠군."

품에서 꺼낸 건 무려 명작의 자연 조각품!

〈빨아들이는 늪〉.

"지금은 이게 괜찮겠어."

조각술 최후의 비기 퀘스트를 하며 물에 젖은 땅을 탄생시켰다. 그 후로 소재를 썩히기가 아쉬워서 다른 자연 조각품도 만들어 둔 것이다.

늪과 습지는 생명의 보고가 되기도 하지만, 때로는 죽음의 장소도 된다.

위드가 꺼낸 조각품에는 수많은 생명들이 아우성을 치며 늪으로 빨려 들어가는 모습이 아주 생생하게 조각되어 있

었다.

보기만 하더라도 소름 끼치기 짝이 없는 그 광경!

특히 늪에 빠져들어 가는 얼굴들에는 평소에 싫어하던 이들이 가득했다.

바드레이에서부터 초등학교 때 준비물 안 가져왔다고 놀리던 짝꿍, 사채업자들, 서윤을 더 잘 따르는 보신이!

위드가 조각술의 비기를 거리낌 없이 사용하려고 할 때에 아래에서 큰 고함 소리가 들렸다.

"아르펜 왕국의 국왕 위드는 들어라! 나는 대하벤 제국의 북부 정벌 사령관 렌슬럿이다!"

렌슬럿은 위드도 자주 들어 봤을 만큼 대단히 유명한 유저였다.

"어디서 보신이가 짖나."

위드는 뭐라고 하든 관심이 없었으므로 그대로 대재앙을 일으키려고 하였다.

"대재앙의……."

"전략과 전술. 베르사 대륙사에 남을 멋진 전투를 펼치려고 이곳에 왔으나 이제 상황이 여의치 않다는 것은 안다."

렌슬럿은 빙룡에 타고 있는 위드를 향하여 고래고래 외치고 있었다.

"그러나 이런 식의 전투는 기사로서 너무 아쉽다. 브로너 성의 대영주로서, 그리고 하벤 제국의 사령관으로서 아르펜 왕국의 국왕이며 모험가인 위드에게 정식으로 도전한다. 남자 대 남자로서, 그리고 큰 야망을 가진 사람들끼리 일대일의 대결을 청한다."

 전투가 시작되기 전 양측의 기사들이 나와서 어느 쪽이 더 강한지 승부를 벌이는 게 유행이었다.

 렌슬럿은 상황이 안 좋다고 판단을 하고, 대장들끼리의 싸움을 청한 것이다.

 "주인, 불어 버릴까?"

 빙룡이 차가운 콧김을 세차게 뿜어냈다.

 물론 마법사들이 수비를 하겠지만, 그래도 아이스 브레스의 공격 범위는 상당히 넓다.

 많이 지치고 약해져 있는 적들이 꽤나 죽을 것이고, 마법사들의 마나 소모도 유도할 수 있으리라.

 무엇보다도 대규모 전쟁에서 빙룡의 아이스 브레스가 효과가 높은 이유는 땅을 얼게 한다는 점이었다. 땅이 얼게 되면 하벤 제국이 자랑하는 기사단은 돌격이 어려워져 골치를 앓을 수밖에 없다.

 위드는 렌슬럿의 제안이 일고의 가치도 없다고 여겼다.

 "지갑을 잃어버린 사람이 들어 있던 돈까지 전부 돌려 달라고 하는 격이군."

 당연히 거절하기 위하여 렌슬럿을 쳐다보다가, 입꼬리를 슬며시 치켜올렸다.

"숭고하며 통찰력이 있는 렌슬럿이여, 긍지 높고 명예로운 아르펜 왕국의 국왕으로서 그대의 용기에 진심 어린 찬사를 보낸다. 기사의 도전이란 무거운 명예의 무게만큼이나 거절하기 어려운 것, 나는 관대한 마음으로 이 대결을 허락하겠노라."

"꺄아아아악!"

"역시 위드 님이다!"

"풀죽! 풀죽!"

지상에서는 난리가 났다.

몇 초 전까지만 해도 사람들은 렌슬럿의 도전을 비웃었다.

"전쟁에서 몰리니까 별걸 다 하려고 하네."

"아무튼 못 먹는 감을 꼭 찔러라도 보려고 한다니까."

"헤르메스 놈들은 양심도 없어."

전쟁에서 이미 유리한 고지를 점한 위드가 이제 와 새삼 위험을 감수할 필요는 조금도 없었다.

오죽하면 하벤 제국의 유저들조차도 괜한 짓을 벌였다고 생각했을 뿐 대결이 받아들여지리라고는 믿지 않았을까.

그런데 위드가 대결을 받아들임으로 인하여 분위기가 확 달아오르게 되었다.

지상에서 주먹질을 하던 수르카가 말했다.

"아, 이건 말도 안 돼. 무슨 꿍꿍이가 있어."

활을 쏘며 싸우고 있던 페일도 중얼거렸다.

"도대체 어떤 음험한 꿍꿍이가……."

연주를 하며 풀죽신교의 사기를 북돋아 주고 있던 벨로트도 자신도 모르게 중얼거렸다.

"절대 피할 수 없는 꿍꿍이의 냄새가 진하게 나는 거 같아."

그러나 그들을 제외한 나머지 모든 유저들이 위드의 호쾌한 배포를 찬양하고 있었다.

위드의 마음을 그나마 잘 이해하는 것은 마판이었다.

"렌슬럿의 아이템이 탐나신 거로군!"

대결에서 이긴 쪽은 당연히 패배하고 죽은 유저의 아이템을 획득할 수 있는 기회를 갖는다.

결정적인 순간 위드의 마음을 변하게 한 것은, 헤르메스 길드의 지원을 받아 멋진 아이템들을 주렁주렁 착용하고 있는 렌슬럿의 모습이었다.

"시청률은?"

"계속 오르고 있습니다."

"광고 빨리 내보내!"

방송국들은 위드가 천공의 섬 라비아스와 함께 등장하면서 전투의 흐름이 잠깐 끊긴 사이에 광고를 내보냈다.

시청률이 이렇게 높을 때 광고를 보여 줘야 한다.

시청자들이 화를 낼 수도 있지만, 막간을 이용하여 화장실에도 다녀올 수 있고 맥주와 오징어 등을 준비해서 계속 보게 할 수도 있다.

그리고 위드가 렌슬럿과 대결을 하기로 하면서 시청률은 계속 올라갔다.

통닭과 피자, 족발, 보쌈 업체의 광고주들은 이 황금 시간대에 홍보를 하기 위하여 광고료를 아낌없이 지불했다.

방송국의 게시판에 글들도 미친 듯이 늘어났다.

"위드가 조금 무모한 판단을 내린 것 같네요. 상식에 미루어 볼 때, 받아들일 필요가 없는 대결입니다."

진행자의 말에 따라서 게시판은 악플로 도배가 되었다.

- 방송국 문 닫고 싶냐?
- 진행자님, 로열 로드 접속하면 빙룡 광장 뒷골목으로 와요.
- 방송국이 여기밖에 없나. 채널 돌려야지.
- 내 원 더러워서 앞으로 여기 안 본다.

다른 방송국들은 재빨리 태도를 바꿨다.

"아, 역시 위드입니다! 지극히 유리한 상황인데도 기사답게 승부를 받아들이는군요. 시청자들을 위하여 더없이 좋은 볼거리가 될 것 같습니다. 물론 위드가 승리하겠죠."

"그렇습니다. 무시하고 그냥 밀어붙여서 이겨도 될 텐데 또 시청자들의 마음을 아는 것처럼 승부를 받아들여 주네요."

"역시! 전쟁의 신 위드의 여유와 관록이 느껴지는 부분입니다."

 - 진행자의 말솜씨가 날로 늘어 가는 듯.
 - 초기에 불안하던 진행이 능숙해졌네요. 오래 하셔도 되겠어요.
 - 전황을 파악하는 능력이 뛰어나네요.
 - CTS미디어 괜찮은 방송국임.
 - 과연 대기업 계열은 달라요.

 위드와 렌슬럿은 공정하게 지상에서 대결을 벌이기로 하였다.
 "물러서요."
 "자리를 넓게 비켜 줍시다!"
 풀죽신교와 하벤 제국 군대의 중간 지점이 넓게 비워졌다.
 양측의 이목이 집중된 황량한 평원으로 렌슬럿은 흑마를 타고 다가왔다.
 '전쟁의 신 위드와 싸운다.'
 렌슬럿의 심장은 흥분으로 미친 듯이 뛰었다.
 전쟁의 승패를 떠나서 그에게는 가장 긴장되는 승부였다.
 '내가 이길 수 있다.'
 기사로서 짜릿한 승부를 꿈꾸었다.
 윤기가 좌르르 흐르는 흑마도 흥분되는지 콧김을 뿜어냈다.

"음머어어어어!"
위드는 누렁이를 타고 있었다.
말에는 없는 소뿔에, 건강하고 탄력 있는 근육질의 네 다리!
소의 육체미의 표본이라고 할 수 있는 누렁이였다.
도살장의 직원들이 누렁이를 그렇게 탐을 낸다고 한다.
"오늘 전투가 끝나면 한우가 많이 팔리겠군."
역시 홍보를 위한 장식이었다.
누렁이가 로열 로드에서 자주 출현을 하며 유명세를 떨치니 얼마 전에는 한우 협회에서 공식 제의가 왔다.

— 누렁이를 모델로 텔레비전 광고에 출연시키고 싶습니다만…….

위드는 그날 저녁에 광고주들을 만났다.
"모델료가 얼마죠?"
"저기, 말씀드리기가 곤란한 부분부터 양해를 구해야 되겠습니다. 누렁이라는 조각품에 애착이 아주 많으시리라 봅니다. 예술가로서 자신의 작품을 아끼는 당연한 감정이겠지요. 저희도 백분 이해하고 있습니다. 정말 소라는 동물의 장점과 매력을 잘 표현한 작품입니다. 다만 저희가 하려는 게 한우 고기 광고인 만큼 특정 부위들을 먹는 장면도 들어가야 될 것 같은데 허락해 주실 수 있을지……."

"살치살, 부채살, 토시살, 안창살, 등심, 제비추리, 갈비… 원하는 건 다 드셔도 됩니다. 뭐, 굽거나 탕으로 끓이거나 육회를 치셔도 되고, 아, 사골을 우려내는 것도 좋겠네요. 근데 모델료는 얼마죠?"

액수만 맞으면 묻지 마 수락!

광고는 일하고 있는 누렁이를 잡더니 깡마른 식인종 어린아이들이 맛있게 먹어 치우는 내용이었다.

맛있는 소가 건강을 지킵니다!

광고가 인기를 끌며 어린이용 누렁이 장난감, 인형까지 나오면서 매달 상당한 돈을 벌어다 주었다.

장모님 통닭에서는 와이번들을 광고 모델로 쓸 수 없겠냐는 제의도 들어왔다.

"누렁아, 우리 오래오래 행복하게 살자. 와이번들과 누렁이, 넌 가족이야, 가족."

"음머어어어어어."

누렁이는 좋다고 꼬리를 치고 땅을 파헤쳤다.

"주인의 사랑을 받으니까 좋다. 갈수록 잘해 주는 것 같다."

"그래. 내가 널 얼마나 아끼는데……. 전투가 벌어지는데, 무섭니?"

"조금 겁난다. 음머어어어."

"네 몸값이 얼마인데……. 절대 꽃등심이나 소꼬리도 안 다치게 할 테니까 잘 싸워 보자."

렌슬럿과의 거리가 점점 좁혀졌다.

위드는 데몬 소드를 뽑아 들고 다른 장비도 최상의 것들로 무장했다.

"가자, 로드우스!"

렌슬럿은 흑마와 함께 바람처럼 질주를 시작했다.

"누렁아, 여물값 하러 가자!"

위드도 누렁이와 함께 달렸다.

그들은 정면으로 맞부딪치기 위하여 마주 바라보고 돌격했다. 거리가 급속도로 가까워지고 있었다.

'공격 방향은… 오른쪽일까? 아니면 왼쪽?'

렌슬럿의 머릿속이 복잡해졌다.

빨리 결정을 하고 스킬을 발동시켜야 한다. 물론 다른 기사들과 마상 대결을 해 본 적은 많지만 이렇게 긴장된 적은 없었다.

렌슬럿이 지켜보는 가운데 위드의 손에서 데몬 소드가 장난감처럼 멋지게 돌아갔다.

'저런 여유라니…….'

사실 위드에게는 마상 돌격 스킬이 없기 때문에 딱히 사용할 게 없어서 검을 가지고 노는 것뿐이었다.

'비탄의 돌격을 써야겠다.'

렌슬럿은 결단을 내렸다.

바드레이는 최고의 돌격 스킬인 항거할 수 없는 돌격을 주로 쓰지만, 그가 사용하기에는 스킬 숙련도가 아직 조금 낮아서 익숙한 스킬을 사용기로 한 것이다.

"비탄의 돌격!"

렌슬럿은 흑마와 함께 쏘아진 화살처럼 쇄도했다.

마치 주변의 풍경들이 앞으로 다가오는 것만 같은 어마어마한 속도감!

여기서 발휘하는 무지막지한 파괴력이야말로 기사라는 직업이 전장에서 최강으로 꼽히는 이유다.

위드는 담담히 데몬 소드를 들어서 렌슬럿의 렌스 차징을 막아 냈다.

챠아아아앙!

위드와 렌슬럿이 서로 스쳐 지나갔다.

―비탄의 돌격에 의하여 데몬 소드의 내구력이 12 감소합니다.
데몬 소드의 공격력이 9 떨어집니다.
몸에 전해진 충격으로 생명력이 4,390 줄어듭니다.

위드의 눈앞에 메시지 창이 떴다.

'음, 놀랍군.'

하지만 렌슬럿의 충격만큼은 아니었다.

-힘에서 압도당했습니다.
공격력이 제대로 발휘되지 못하고, 돌격 스킬이 실패했습니다.
일시적으로 힘이 11% 줄어듭니다.

-프록터의 창의 내구력이 17% 감소합니다.
창끝이 무디어져서 최대 공격력이 21 줄어듭니다.

-데몬 소드에 베였습니다.
생명력 1,399 감소!
악마 환영의 저주에 걸립니다!

"이, 이게 무슨! 말도 안 돼."

돌격 스킬까지 사용한 상태인데 힘에서 밀리다니, 렌슬럿은 어이가 없었다.

비탄의 돌격이 이루어질 때에는 기본적으로 힘이 2배가 된다. 말이 달리는 속도에 따라서 그 이상으로 늘어나지만, 지금은 전속력을 다하진 못했기에 그 정도는 아니었다.

하지만 그렇다고 해도 무거운 갑옷을 착용한 기사가 예술가에게 힘으로 밀리다니!

렌슬럿으로서는 알 리가 없는 일이었지만, 당연히 위드가 조각 파괴술을 써서 예술 스탯을 힘에 몽땅 밀어준 때문이었다.

물론 양심에 아주 작은 거리낌이 없는 것은 아니었다. 그러나 원래 가지고 있는 스킬이니 금지된 것도 아니다. 양심의 거리낌도 정말 작아서, 하품 한번 하고 나면 잊힐 정도에 불과했다.

'전체적으로 보면 대충 비슷한 것 같군. 힘이나 다른 스탯은 내가 많이 앞서는 것 같고, 장비도 내가 약간씩은 더 나아. 그리고 돌격 스킬은 저쪽이 좋고.'

쉽게 이길 수 있는 길을 놔두고 굳이 어렵게 이길 필요가 없다. 지금은 전쟁 중이었으니 압도적인 모습을 보여 주어야 했다.

위드는 힘에서 밀려나지 않았기 때문에 바로 스킬을 사용할 수 있었다.

"광휘의 검술!"

허공을 벤 검의 궤적을 따라 빛으로 이루어진 독수리들이 렌슬럿을 추적하여 날아갔다.

검술의 비기!

렌슬럿은 활용도가 떨어지는 창을 던져 버리고 빠르게 검을 쥐었다. 그리고 독수리들을 베었다.

빛의 독수리들을 격파하면서 달리다 보니 어느새 위드가 바로 옆으로 따라붙었다.

누렁이의 체력과 힘, 게다가 방향 전환에 있어서는 소가 말보다 훨씬 뛰어났다. 무엇보다 단거리에서는 비교가 불가능한, 날카로운 뿔을 앞세운 무지막지한 돌진력!

말과 누렁이의 싸움이야말로 이미 결정이 지어진 것이나

다름이 없다.

위드에게는 자주 탈 일이 없어서 문제지만, 무려 레벨이 400대 중반에 이르는 누렁이였다.

"이렇게 빨리 따라붙다니⋯⋯."

"차합!"

위드와 렌슬럿은 같은 방향으로 달리면서 검을 휘두르며 공방전을 펼쳤다.

"헤라임 검술!"

"제국 연환검!"

불꽃이 튀고, 스킬의 효과가 작렬했다.

그림과도 같은 마상 결투!

그렇지만 보기에도 그렇고 실제로도 이득을 거두는 것은 압도적으로 위드 쪽이었다.

조각 파괴술로 늘려 놓은 힘을 바탕으로 공방전에서 대대적인 피해를 입힌다.

이동하면서 싸우는 근접전에서 렌슬럿의 검은 대부분 제대로 펼쳐지지도 못하고 힘에서 밀려 중간에 막혀 버렸지만, 위드가 펼치는 헤라임 검술은 그의 몸에 계속 적중되었다.

어떤 스킬을 사용하더라도 일단 적을 맞히지 못하면 아무 소용이 없다.

렌슬럿은 주로 정직한 공격을 하는 반면에 위드는 검을 다루는 이해도마저 훨씬 높았다.

렌슬릿이 꺼낸 방패로 헤라임 검술을 막으려고 하면 흑마를 살짝 때려서라도 스킬의 위력을 계속 키워 나갔다.
 광역 스킬의 위력을 겨루는 승부를 하면 위드는 아무래도 불리하다. 처음 돌격 스킬로 부딪치고 나서 바로 가까운 거리에서 공간을 주지 않고 유리한 연환 검술로 전투를 유도해 내면서 렌슬릿을 요리했다.
 "웃, 이런 건……."
 투구를 쓰고 있는 렌슬릿의 얼굴이 일그러졌다.
 기사는 정면에서 강하고 돌파력이 뛰어나지만 옆에서 이런 식으로 따라붙는 공격에는 취약할 수밖에 없다. 갑옷의 위력으로 나름 상당히 잘 버텼지만, 데몬 소드의 저주가 쌓여 갔다.
 게다가 위드는 맷집이나 갑옷의 방어력으로 자신보다 훨씬 덜한 피해를 입고 있는 게 뻔히 보였다.
 검을 다루는 능력, 기본 스킬 운용에서도 압도적으로 뒤지고 있었다.
 '게다가 이 얄미운 황소가 문제야.'
 누렁이는 앞으로 달리다가도 렌슬릿이 자신에게 검을 뻗어 내기라도 하면 재빨리 옆으로 떨어졌다가 빠르게 다시 달라붙었다.
 콰아아앙!
 강렬한 누렁이의 옆구리 부딪침이 흑마와 렌슬릿을 휘청

거리게 했다.

기사는 높은 방어력을 가진 무거운 갑옷에도 불구하고 말을 타면 신속한 기동력을 확보할 수 있다. 하지만 빠르게 달리는 말에서 떨어지면 크게 다치거나 최악의 경우 전투 불능에 빠지게 되는 심한 페널티도 가졌다.

렌슬럿이 균형을 잃을 때마다 위드의 데몬 소드는 춤을 추듯이 계속 헤라임 검술을 연결시켰다.

"음머어어어!"

"헤라임 검술!"

기분 좋게 웃는 누렁이와, 공격 스킬을 퍼붓는 위드의 얄미울 정도로 절묘한 합동 공격!

공중에 있어서 유리한 빙룡을 포기하고 지상으로 내려왔지만 애초부터 공평한 대결은 전혀 아니었다.

조각 파괴술이야 조각사가 활용할 수 있는 스킬이니 제쳐 두더라도, 절대적이라고 할 수 있는 누렁이의 존재!

아무리 명마라고 하더라도 산전수전 다 겪으며 지내온 누렁이와는 비교가 안 되는 것이다.

"우와아아아아아아!"

"위드 님 만세!"

"멋있어요!"

풀죽신교의 환호성이 르포이 평원을 쩌렁쩌렁 울렸다.

하벤 제국의 병사들과 유저들은 침묵으로 무겁게 지켜볼

뿐이었다.

렌슬럿은 그동안 많은 싸움을 승리로 이끌었다. 아직은 조금 불리하지만 대결이 끝난 것도 아니다. 단지 상대가 전쟁의 신 위드이기에 희망을 갖고 지켜보기가 어려울 뿐이었다.

'이대로라면 진다.'

렌슬럿은 불안해졌다. 간혹 그의 검이 위드를 아쉽게 스쳐 지나갈 때마저도 공격력이 제대로 발휘되지 않았다.

공격이 적중되었을 때의 메시지도 대결에 적지 않은 정신적인 충격을 안겨 주었다.

-상대방의 강철 같은 맷집에 의해 피해를 거의 입히지 못했습니다.

-상대방의 갑옷이 행운을 빼앗아 갑니다.

-상대방의 갑옷이 은은한 신성력을 발휘하고 있습니다.
축복 효과가 발동되었습니다.
철로 만든 무기로부터의 피해를 줄입니다.
갑옷 자체의 방어 능력이 강화됩니다.

강한 기사인 렌슬럿과 싸우고 있기에 위드가 입은 여신의 기사 갑옷은 더욱 뛰어난 방어 능력을 발휘했다.

'멜버른 광산 전투에서는 쓰레기 같은 갑옷을 입고 있었다고 했는데… 어디서 이런 들어 본 적도 없는 어마어마한 갑옷을 가져온 거지?'

미리 위드의 갑옷에 대한 정보를 입수했더라면 그에 대한

다른 대응책을 준비할 수 있었을 테지만 지금은 갑자기 싸우게 되어 속수무책!

렌슬럿은 공격이 제대로 먹히지 않는다는 점에 대한 부담감이 아주 컸다.

하지만 위드도 겉보기만큼 상황이 유리하기만 한 건 아니었다.

지금까지 캐릭터가 성장하며 대부분의 스탯을 힘과 민첩에 몰아넣었고, 조각 파괴술까지 사용했다.

스탯상으로는 사실 그 누구에 비해서도 약하지 않을 테지만 생명력이 턱없이 낮았다.

조각 변신술을 쓰지도 않았기 때문에, 자칫 제대로 된 공격 한두 방만 허용하면 의외로 금방 죽을 수도 있다.

바드레이와 싸웠을 때에도 그렇게 잘 도망 다니고 날뛰었지만 제대로 맞은 두세 번의 공격에 죽고 말지 않았나.

렌슬럿은 그때 본 친위대보다도 훨씬 강하고 생명력도 높은 만큼 특별히 신경 써서 상대해 줘야 하는 적수였다.

"어디까지 피하나 보겠다."

렌슬럿도 길드의 정보통을 통하여 그 점을 미리 인식하고 있었기에 강력한 스킬을 시전했다.

"명예로운 약속!"

검술의 비기 사용!

렌슬럿은 잠깐 동안이나마 3배의 전투 능력을 발휘했다.

검을 통한 공격과 수비 스킬이 향상되고, 신체적인 능력이 극대화된다.

기사의 긍지를 지켜야만 쓸 수 있는 기술.

렌슬럿이 아주 정의로운 편은 아니었지만, 기사들의 긍지는 어쨌든 가지기는 했다.

"크로마 마상 검술!"

말 위에서의 독보적인 검술의 비기까지 연달아서 사용되었다.

렌슬럿의 검에서 마나의 기운이 넘실거리면서 휘둘릴 때마다 마구 발출되었다.

위드는 가까이 있으면서 날벼락을 고스란히 얻어맞는 수밖에 없었다.

-갑옷이 방어해 냅니다.
생명력이 3,419 감소합니다.

미친 듯이 검을 휘두르는 렌슬럿이었다.

체력과 마나를 물 쓰듯이 쓰는 스킬이기 때문에 오래 유지할 수는 없다.

"누렁아, 꽃등심 조심해!"

"음머어어어어어!"

누렁이도 죽을힘을 다해서 달렸다.

생명력도 상당히 높았고, 가죽이 질겨서 쉽게 죽지는 않으

리라.

누렁이가 위기에 처하면 광분을 하게 되는데, 어쩌면 그것이 렌슬럿에게는 더 위험한 일일지도 모른다.

렌슬럿은 다행히 대부분의 공격을 위드에게로 향하고 있었다. 장기전을 바라보고 있다면 누렁이부터 해치우고 말을 탄 채로 유리하게 싸우겠지만, 다급하여 시간을 오래 끌 수 없었다.

"분검술!"

위드도 검술의 비기로 받아쳤다.

-분검술이 시전되었습니다.
높은 행운과 여신의 축복으로 인하여 스킬 효과가 오릅니다.

달리는 누렁이와 위드가 열둘이나 나타났다.

스킬의 효과가 누렁이에게까지 적용된 것이다.

"음머어어어어!"

"쿠왜액!"

"쾌애애애액!"

울부짖는 소 떼와 그 위에서 검을 휘두르는 위드들이 렌슬럿을 사방에서 포위한 채로 내달렸다.

렌슬럿은 크로마 마상 검술을 쓰며 분신을 하나씩 없애 갔지만, 분신들의 공격을 모두 막을 수는 없었다.

분검술의 무서운 점은 진짜와 가짜를 가리지 않고 공격력을 발휘한다는 점!

 게다가 위드는 누렁이를 타고 따라가면서 등의 한 부분만 연속으로 타격했다.

 진짜 위드를 가려내기 위해 애쓰다 보니 렌슬럿의 공격은 중구난방으로 분산될 수밖에 없었다.

 -치명적인 일격을 당했습니다.

 -같은 부위에 다시 치명적인 일격을 당했습니다.
 갑옷의 부분 방어력이 취약해집니다.

 무섭게 앞으로 내달리며 치르는 마상 대결에서는 냉정한 판단이 어렵다.

 분신들이 하나씩 치고 빠지며, 위드는 렌슬럿의 생명력을 크게 깎아 놓고 있었다.

 "소드 카이저!"

 분신이 6개로 줄어들었다.

 더 이상 기회를 주지 않기 위해 모든 마나를 사용하여 퍼부은 스킬이 렌슬럿의 옆구리에 정확히 작렬!

 "커헉!"

 렌슬럿은 흑마에서 떨어지고 말았다.

 갑옷을 입은 채로 땅바닥을 무섭게 구르면서 입는 생명력의 무지막지한 피해!

-혼란 상태에 빠졌습니다.
전투 불능!

대결 중에 말에서 떨어진 것은 거의 죽음을 의미했다.

혼란 상태의 렌슬럿은 눈앞에 땅과 하늘이 빙빙 돌고 온몸의 감각도 엉망이었다.

그러나 그 와중에도 몸을 일으켜서 어디로든 자리를 피하려고 하였다. 혼란만 벗어난다면 아직까지 죽은 것은 아니니 기를 쓰고 대결을 이어 나가려는 것이다.

그렇지만 위드는 어느 새 누렁이를 돌려서 다시 돌아오고 있었다.

6개의 분신들이 하나로 합쳐지면서 무서운 주파력으로 내달려오는 누렁이가 있었다.

"더 빨리! 원하는 만큼 실컷, 정력에 좋은 약초 뜯어 먹게 해 줄게."

"음머어어어어어!"

누렁이의 광란의 질주!

마나는 대부분 다 소진되어 버렸다고 해도, 속도와 무게가 실린 공격은 그에 못지않게 강력하다.

렌슬럿은 무시무시하게 땅을 박차는 소리를 들었다. 점점 가까워지고 있다는 건 알았지만 시야와 감각이 여전히 엉망이었다.

그의 눈에 분검술을 썼을 때처럼 수십 개로 갈라져 있는 누렁이와 위드가 보였다. 그들이 해를 등지고 달려오며 검을 높이 들었다.

"아직 내 실력을 다 보여 주지 못……."

렌슬럿은 방패를 들어 올렸다.

콰아앙!

누렁이가 머리로 그대로 들이받아 버렸다.

―방어력의 한계를 초과하는 어마어마한 데미지를 입었습니다.

　이것만 하더라도 엄청난 타격이었는데 이어서 위드가 검으로 베었다.

―완벽하게 무방비 상태에서 일격을 당했습니다.

　렌슬럿은 그 자리에 쓰러지더니 다시 일어나지 못했다. 그리고 평원에 있는 유저들에게 뜨는 메시지 창!

―하벤 제국의 북부 원정군 총사령관 렌슬럿이 대결에서 사망하였습니다.

　위드에게도 메시지 창이 떴다.

띠링!

―적군의 총사령관을 해치웠습니다.
위대한 대결에서 승리를 거두었습니다.

-레벨이 올랐습니다.
명성이 2,893 오릅니다.
기품이 3 증가합니다.
군대의 사기가 오릅니다.
부하들의 용기를 자극하게 됩니다.
1시간 동안 최고의 투지를 발산하게 됩니다.

그보다 더 중요한 것으로, 전리품 획득!

-대단한 명마, 바람을 따라잡는 호스렌을 획득하셨습니다.
승마 스킬 +3.
대단한 돌파 능력.
돌격 시 파괴력 86% 향상.
말을 탄 사람의 기품과 매력, 명예를 35%까지 늘려 줍니다.

-칼라모르 왕국 기사단장의 갑옷을 획득하셨습니다.

칼라모르 왕국 기사단장의 갑옷 : 내구력 109/165. 방어력 147.
칼라모르의 국왕이 토르의 드워프 대장장이에게 직접 부탁하여 만든 갑옷.
용맹한 기사를 위해 특별 제작되었다.
권위로써 기사들을 지휘할 수 있으며, 병사들에게 추앙의 대상이 됨.
숱한 전투를 거치며 수선이 진행되었다.
칼라모르 왕국의 패망 후에 주인이 바뀜.
제한 : 기사 전용.
　　　레벨 420.
옵션 : 기사 스킬 +2.

돌격 스킬의 위력을 높이며 방어벽을 돌파할 때에 속도 감소를 줄임.
지치지 않는다.
모든 스탯 24 상승.
명예, 권위, 기품 +40.
일반 화살을 95% 확률로 튕겨 냄.
세 차례 이상 전투를 치른 곳에서 경험치 증가 혜택이 부여.
약탈품!

–일곱 가지 보석이 박힌 허리띠를 획득하셨습니다.

일곱 가지 보석이 박힌 허리띠 : 내구력 45/45. 방어력 23.
칼라모르 왕국의 보물!
마법이 부여된 진귀한 보석들이 박혀 있다.
제한 : 레벨 410.
 지혜 340 이상.
옵션 : 원소 속성을 가진 스킬 공격력을 높여 줌.
 마법 저항력 +21%.
 보호 마법 사용 가능.
 마나 흡수 1%.

 칼라모르 왕국이 멸망하고 나서 얻었을 갑옷과 보물인 허리띠가 위드의 손으로 들어오게 되었다.
 여신의 기사 갑옷의 훌륭한 점은, 상대방의 행운을 빼앗아 오기 때문에 좋은 아이템을 얻을 수 있는 기회를 늘려 준다는 점이다.

위드는 승리의 사자후를 터트렸다.

"크후히히히히힛!"

르포이 평원의 승리자

"국왕 위드 만세!"

"풀죽, 풀죽!"

북부 유저들은 다 함께 환호성을 올렸다.

반면에 헤르메스 길드 유저들의 표정은 이보다 더 처참할 수가 없었다.

렌슬럿이 이겨 주었거나, 혹은 최소한 버티기라도 해서 비기는 수준은 되어야만 안전하게 물러날 수 있다.

그런데 짧은 시간 만에 목숨을 잃어버리고 말다니!

대결을 신청하지 않은 것만 못하게 된 셈이 아닌가.

총사령관의 죽음으로 인하여 NPC로 구성된 기사들과 병사들의 사기도 바닥으로 떨어졌다.

"너무 멀리까지 왔어."

"역시 아르펜 왕국의 국왕 위드는 대단하군. 아르펜 왕국을 침략한 것이 실수야."

"북부의 강국이라고 할 만하군."

"고향에 놔두고 온 처자식들이 보고 싶어. 하지만 다시는 만날 수가 없겠지."

헤르메스 길드의 유저들이 서둘러 파악을 해 보니 병사들의 사기가 너무나도 낮았다.

장거리 원정을 떠나오면 보통 그럴 수는 있다. 하지만 상대가 대륙에서 모험과 전투 명성이 자자한 위드가 다스리는 아르펜 왕국이기에 사기가 더 빨리 떨어졌다.

설상가상으로 총지휘관은 보란 듯이 패해서 죽어 버렸으니 NPC 기사들은 몰라도 병사들은 싸우고 싶은 마음이 들 리 없었다.

"공격합시다!"

"하벤 제국을 쓸어버리자!"

"남김없이 풀죽에 넣어서 마셔 버립시다."

북부 유저들의 대공격이 재개되었다.

조인족 부대도 대대적으로 전투에 합류하였으며, 위드가 나서면서부터 풀죽신교의 고레벨 유저들이 포함된 부대들도 적극적으로 참전했다.

위드가 그사이에 약간 회복된 마나로 사자후를 터트렸다.

"동쪽을 쳐라!"

르포이 평원에 쩌렁쩌렁한 고함이 울려 퍼졌다.

국왕으로서, 그리고 지휘관으로서 적의 총사령관을 해치우고 나서 명령을 내릴 때의 짜릿한 쾌감이 온몸의 세포를 자극하는 듯한 기분이었다.

"국왕 폐하의 명령이다!"

"우와아아아!"

"방패 부대 돌진하라!"

아르펜 왕국의 군대는 유저들 사이에 끼어서 원활하게 움직이기가 어려웠다. 기병과 보병이 전술을 펼치려면 넉넉한 공간이 있어야 한다.

"진형을 짜라. 쐐기처럼 적을 부순다!"

아르펜 왕국의 군대가 진형을 바꾸는 사이에, 유저들이 움직일 공간도 없도록 빽빽하게 하벤 제국의 군대를 향하여 달려갔다.

전술적인 움직임, 효율적인 전투를 위한 진형. 이런 것은 눈을 씻고 찾아봐도 전혀 없었다.

"갑시다!"

"빨리빨리요!"

"동쪽으로 가야 돼요."
"달리자. 달려!"
폭풍이 불어오기 전의 거센 파도처럼 밀려들었다.
빙룡의 시선에서 볼 때, 르포이 평원에 가득 차 있는 인간들은 하벤 제국의 군대를 향하여 그저 내달리고 있었다.
위드가 나타나기 전에도 이런 식의 전투가 벌어지고는 있었지만, 지금은 덤벼드는 속도가 훨씬 빨랐다.
아까까지만 해도 그나마 각자 최소한의 생각이란 걸 했다면 이젠 그런 것조차 없다.
자칫하다가는 싸워 보지도 못했는데 전쟁이 끝날 판이었던 것이다.
유저들은 아예 그냥 들이붓는 수준으로 돌진을 했다.
"풀죽! 풀죽! 풀죽!"
"아르펜 왕국은 영원하리라!"
"순교! 순교! 순교!"
집단 광신도들을 연상시키는 처절한 울부짖음들.
세상을 살아가다 보면 숱한 스트레스가 쌓이게 된다. 로열 로드를 하면서도 명문 길드들의 횡포에 얼마나 괴로움을 당했던가.
그 스트레스가 이번 전쟁에서 확실하게 풀리고 있었다.
"명마 호스렌이라."
푸히히힝!

호스렌은 얍삽한 면이 있는 말이었다.

원래 주인이었던 렌슬럿이 죽자마자 위드의 얼굴에 머리를 비볐다.

"어디 가 볼까."

위드는 고삐를 잡고 호스렌의 등에 올랐다.

누렁이도 물론 좋은 탈것이었지만, 공격이 집중되면 위험하기 때문이었다.

"최대한 빨리 달려라. 헤라임 검술!"

호스렌은 무턱대고 최고의 속력을 내며 질주!

위드는 좌우로 검을 휘저으면서 종횡무진 전장을 누볐다.

하벤 제국의 일개 병사들이 그의 앞을 막을 수 있을 리가 만무했다.

"으와악!"

"아르펜 제국의 국왕 위드다."

"어서 도망쳐야 해!"

헤르메스 길드 유저들의 독려에도 불구하고 위드를 상대할 엄두도 내지 못하고 머뭇거리다가 도망치기에만 바쁜 병사들을 거침없이 베면서 경험치와 전리품들을 얻어 냈다.

위드가 뚫고 지나간 장소로 길이 열릴 정도였다.

명마 호스렌이 내는 무시무시한 속도!

병사들을 해치우면서 전장을 활보했다.

헤르메스 길드의 유저들은 합공을 취하려고 했지만, 명마 호스렌이 내는 속도를 따라잡을 수가 없었다.

지휘관이던 렌슬럿은 이미 사망했기에, 헤르메스 길드의 남은 유저들은 저마다 자신의 소속 부대에 명령을 내렸다.

"어떤 희생을 치르더라도 위드를 잡아라."

"하지만 주변에 아군이 많습니다."

"상관없다. 공격!"

궁병 부대와 마법사 부대가 위드를 집중적으로 타격!

"달빛 조각 검술!"

위드는 화살과 마법을 베면서 이동했다.

"크악!"

"우리를 공격하다니……."

주변으로 마법 공격과 화살이 쏟아지면서 하벤 제국의 병사들도 부지기수로 죽어 갔다.

위드도 이대로 계속 피해를 입는다면 곤란할 상황이었지만, 믿는 구석이 있었다.

조인족!

하늘에서 화살을 쏘며 땅으로 급강하하는 조인족들이 궁수들과 마법사들을 충분히 괴롭혔다.

"위드, 이번에야말로 너의 목은 우리가 베겠다."

저만치에서 제4기사단장 듀랄이 다시 위드를 목표로 달려오고 있었다.

적의 병력은 아직도 온 사방에 빽빽하게 들어차 있을 뿐만

아니라 아르펜 왕국군과 북부 유저들이 점점 눈에 많이 띈다.

"항복하겠습니다."

"무기를 버릴 테니 목숨만 살려 주십시오."

게다가 총사령관의 죽음으로 사기가 바닥까지 떨어진 상태에서 패전의 기색이 짙어지자 하벤 제국의 NPC 병사들과 기사들이 여기저기에서 경쟁적으로 투항하는 모습마저 보인다.

듀랄은, 어차피 전쟁에서 패배하게 될 것 같다면 위드라도 죽일 셈이었다.

"길을 뚫어라! 망설이지 말고, 거추장스러우면 아군도 모두 죽여라!"

듀랄과 제4기사단은 다른 적들에는 아랑곳하지 않고 위드만을 노려보며 달려왔다. 중간에 거치적거리는 하벤 제국의 병사들과 기사들마저 거침없이 베면서 돌파했다.

하지만 서윤이 뛰어나와서 그들의 앞을 막았다.

지금은 예비용으로 가지고 다니던 다른 가면을 꺼내서 얼굴에 착용했다.

그리고 검과 갑옷은 완전히 붉게 물들어 있었는데, 위드가 경험상 확인해 본 바로는 광전사의 위력이 최대로 발휘되는, 제대로 미친 상태!

"아깝군."

지금 위드에게는 듀랄과 그의 기사단과도 충분히 싸울 수 있는 여력이 있었다.

호스렌을 타고 멋진 승부를 벌일 수 있을 테고, 여차하면 적병들 사이를 파고들면서 추격을 뿌리칠 수도 있었다.

위드의 도망자 정신이야말로 일품!

하지만 혹시나 그가 위험에 처하지 않을까 걱정된 서윤이 달려 나온 것이다.

"달빛 조각 검술!"

위드는 다른 표적을 향하여 말을 달리며 빛으로 가득한 검을 사방으로 뿌렸다.

하벤 제국의 병력은 서서히 와해되고 있었다.

하늘에서는 빙룡과 불사조가, 그리고 곧 광고를 찍을지도 모를 귀한 몸들인 와이번들이 날아다녔다.

다른 조각 생명체들도 아르펜 왕국군과 합류하여 외곽에서부터 쳐들어오고 있었으며, 사방에는 풀죽신교로 대표되는 북부 유저들이 가득했다.

위드는 가끔씩 사자후로 간단한 명령만 터트렸다.

"적들을 밀어붙여라!"

지금은 체계적인 전술이 아니라 확실히 유리하게 이기고 있다는 사실 정도만을 알려 주면 된다.

북부를 지키기 위하여 다 함께 모여든 유저들이 그의 힘이고 원동력이었다.

띠링!

-잘 제련된 창을 입수하셨습니다.

잘 제련된 창 : 내구력 55/60. 공격력 43.
강철로 만든 창.
하벤 제국의 대장장이들이 대량으로 생산했다.
무게 때문에 불편하지만 기병들을 저지하는 데 효과적.
약간의 연습만으로도 쉽게 다룰 수 있다.
제한 : 레벨 80.
힘 120.
옵션 : 기병들을 상대할 때 공격력 +200%.

위드는 기사와 병사를 가리지 않고 베었다.

그에게 적들이 가장 많이 몰려오고 있었다.

"국왕 폐하가 위험하다!"

"놈들에게 둘러싸인 것 같아!"

북부의 다른 고레벨 유저들도 위드의 곁으로 와서 지원을 해 주었고, 다크 게이머들도 이 기회를 놓치지 않고 활약!

하벤 제국의 군대는 거대하지만 지휘관을 잃어버린 후 둔하고 맛있는 먹잇감이 되어 버리고 말았다.

서서히 시작된 붕괴의 속도는 시간이 흐를수록 더더욱 빨라져만 갔다.

베르사 대륙에서 무적으로 군림하던 하벤 제국 군대의 대패!

방송국들이 경쟁적으로 생중계를 하면서 시청자들의 폭발적인 반응을 이끌어 냈다.

-속이 시원한데요.

-아, 이렇게 될 줄 알고 있었죠.

-고소하고, 감칠맛이 납니다.

-여자 친구와 싸우고 나서 같이 텔레비전 보고 완전히 풀어졌어요.

시청률은 최고치를 다시 갱신했다.

하벤 제국의 패배가 즐겁기도 했지만, 전쟁의 재미나 영상의 볼거리 또한 압도적이라는 말로도 부족했다.

북부 유저들과, 천공의 섬 라비아스에서 쏟아져 내려오는 조인족 전사들의 대대적인 공세!

하벤 제국의 기사들이 분전을 펼치다가 떼죽음을 당하는 것도 볼만했다.

"항복하겠다."

"거절한다. 불순한 의도를 품고 아르펜 왕국의 땅을 밟았으니 모두 죽어라."

위드는 항복의 의사를 밝히는 적이라 해도 기사급일 경우

에는 관용을 베풀지 않고 모두 척살했다.

'항복해서 포로로 잡고 나면 먹여 줘야 되고 재워 줘야 되는데, 터무니없지.'

만약 위드가 판사로 근무했다면, 벌금형 아니면 무조건 사형이었다.

기사들을 죽이고 나면 경험치도 얻고 전리품도 짭짤하게 거둬들일 수 있는데 망설일 까닭이 없다.

하지만 위드가 그런 결단을 내리는 모습까지도 방송에서는 극도로 미화되어 나갔다.

위드가 적들이 착용하고 있는 아이템의 견적을 뽑아 보기 위해 1명씩 쳐다보고 나서 빠르게 검을 휘둘러서 해치우는 모습조차, 연출 팀에서 웅장한 배경음을 깔아 줬다.

"국왕으로서 영토를 수호하기 위해서는 독해질 필요도 있겠죠."

"용서와 관용? 지금의 베르사 대륙에서 그러한 감정은 사치입니다. 그가 모라타를 어떻게 일으켰습니까?"

"맞아요. 만약 위드가 용서를 해 주었더라도 성난 풀죽신교에서 가만 놔두지 않았을 거예요. 그래도 항복한 이들을 죽이다니, 편한 마음은 아니겠죠."

"쓸쓸해 보입니다. 그렇지만 마지막 순간에는 고통이 없도록 단호하게 처리를 해 주네요."

하벤 제국의 군대가 몰살을 당하는 데에도 상당한 시간이 필요했다.

마침내 모든 적들이 처리되고 나자, 전쟁에 참여한 사람들에게는 '르포이 평원의 승리자'라는 호칭과 함께 명예가 부여되었다.

―하벤 제국군을 전멸시켰습니다.
이 승리에 대한 이야기가 대륙 전체로 퍼져 나갈 것입니다.
전쟁에 참여해서 병사 2명에게 상처를 입히는 공적을 세웠습니다.
이 이야기를 들려주면 아르펜 왕국의 주민들에게 친밀도를 높일 수 있을 것입니다.
명성 341 획득!

―르포이 평원의 승리자의 호칭을 얻었습니다.
하벤 제국의 원정군을 물리치는 데 참여하여 아르펜 왕국의 공헌도가 오릅니다.

위드는 국왕으로서 막대한 양의 명성과 명예도 얻었다.
띠링!

―전투가 끝났습니다.
아르펜 왕국이 승리하여 국왕의 명성이 9,820 올라갑니다.
전투 과정에서 보여 준 잔혹한 행동으로 악명이 1,860 올라갑니다.

포로도 남겨 놓지 않고 몽땅 죽여서 악명도 제법 늘어나기는 했다. 하지만 북부 주민들의 반응은 긍정적이었다.

"국왕 폐하께서 직접 적들을 죽였다는군."

"아, 적을 살려 둘 필요가 있나? 국왕 폐하께서 하신 일이니 옳다고 믿어."

"잔인하신 게 아니라 결단력이 뛰어나다고 해야지. 국왕 폐하를 비난하는 놈이 있다면 마을에서 쫓아내야 해."

워낙 큰 명성을 갖고 있는 데다 기본적으로 지금까지 쌓여온 충성도가 높았기 때문에 악명에도 불구하고 주민들이 싫어하지 않았다.

물론 악명이 더 많이 쌓이게 되면 주민들의 불신을 얻게 됨은 물론이고 병사들과 기사들이 이탈을 하고, 영주들이 독립을 선언하기도 하지만 말이다.

-하벤 제국과 전쟁 상태가 되어 리튼 왕국과의 우호도가 높아집니다.

-하벤 제국의 군대를 물리쳐서 아르펜 왕국에 대해 그라디안 왕국 주민들의 호감도가 높아집니다.

-아르펜 왕국과 아이데른 왕국의 관계가 개선됩니다. 그들은 아르펜 왕국을 공식적으로 인정하며 외교사절을 보내 교류도 추진할 것입니다.

-아르펜 왕국의 특산품은 대륙에서 약간 유명한 정도입니다. 현재 마센 왕국에서는 우호적인 통상협정을 고려 중입니다. 통상협정이 체결되면 양 국가 간의 경제적 교류가 활발해집니다.
마센 왕국에서 조달을 할 때, 아르펜 왕국의 상인들은 자국의 상인들과 동일한 자격을 갖습니다.

-데일 왕국은 위대한 건축물에 대해 배우고 싶어 합니다. 아르펜 왕국이 이에 대한 건축 기술을 전수한다면 그들은 자신들이 가지고 있는 마법학에 대한 연구 자료들을 넘겨줄 수도 있습니다.

 국가 간의 관계가 긍정적이 되면 교역량이 늘어나고 양 국가를 오고 가는 퀘스트들이 발생하는 등 긍정적인 효과가 생긴다. 르포이 평원의 전쟁에 참여한 북부의 유저들은 하벤 제국이 아닌 다른 왕국에서 특별한 존중도 받을 수 있었다.
 그리고 모라타 고유의 전통이라고 할 수 있는 축제가 르포이 평원에서 벌어졌다.
 "먹고 마십시다!"
 "노세, 노세! 젊어서 노세!"
 북부의 유저들은 하벤 제국의 보급 마차에서 식량을 몽땅 습득했다.
 이곳에 모인 유저들은 화가, 조각사, 건축가, 재봉사. 직업을 가리지 않았다. 당연히 요리사들도 많이 있었기 때문에, 그들이 하벤 제국의 식료품을 가지고 즉석에서 요리를 해서 주변에 나눠 주었다.
 하벤 제국은 전통적으로 소시지와 맥주가 인기품!
 위드도 하룻밤이 꼬박 새도록 요리를 하여 사람들에게 나눠 주었다.
 "맛있게 드세요."
 "고맙습니다."

직접 위드를 만나 본 적이 없는 대부분의 유저들에게는 그 모습이 진실하게 보였다.

"정말 사람은 끝까지 지켜봐야 한다더니… 전쟁에서 이기고 나서 자만하거나 거만해질 수도 있는데 위드 님은 우리를 위해서 바로 앞치마부터 두르잖아. 이게 위드 님이 모라타를 일으켰던 정신이 아닐까."

"사람의 본성이라고 해야지. 큰일을 겪으면 나오게 되는데, 우리 같은 사람들하고는 근본부터 다르시다니까. 내가 왜 아르펜 왕국으로 오라고 했는지 알겠지?"

"응. 알 것 같다."

사소한 행동들이 풀죽신교의 유저들을 더욱 기쁘게 한다.

위드가 요리를 해 주는 데에는 단순한 이유가 몇 가지 있었다.

'음식 재료가 많을 때 요리 스킬을 올려야지. 하벤 제국의 보급 마차에는 고급 식료품들이 잔뜩 쌓여 있군. 이놈들이 아주 작정을 하고 왔네.'

게다가 다분히 정치적인 행동!

꼬박꼬박 세금을 납부하면서 전쟁까지 자기 일처럼 나서 주다니, 이렇게 고마운 사람들이 없었다.

'이런 게 민주주의 정신이지.'

유저들의 인식에 따르자면 아르펜 왕국은 진정으로 주민들을 위하는, 개척 정신이 강하고 모험이 살아 있는 왕국이다.

 위드의 생각과는 많이 달랐다.

 '내 왕국이야. 전부 다 내 거지!'

 하벤 제국과 아르펜 왕국의 전쟁은 베르사 대륙 전역에서 커다란 화제가 되었다.

 "음, 북부의 풀죽신교 같은 단체가 라살 왕국에도 있으면 좋을 텐데……."

 "그러게 말이야. 하지만 라살 왕국의 수뇌부나 하벤 제국이나 크게 다를 바도 없잖아."

 "그놈들이 더 지독하다니까. 왕국이 하벤 제국에 점령되어서 우리는 착취당할 일만 남았지, 뭐."

 "마른 수건을 쥐어짜듯이 그렇게 우리에게서 돈과 노동력을 탈탈 털어 가게 될걸."

 하벤 제국이 점령한 여러 왕국에도 유저들은 여전히 많이 있었다.

 전쟁에서 패배한 왕국은, 치안이 불안정해지고 도시들이 불에 타고 주민들이 사망해서 퀘스트가 중간에 끊어지게 된다. 그러한 페널티들에도 불구하고 고향이란 생각에 떠나지 않고 계속 머무르는 유저들이 아주 많았다.

"우리가 풀죽신교를 만드는 건 어떨까요?"

"네? 그게 가능하겠습니까?"

"충분히요. 하고자 하면 못할 것도 없습니다."

"좋습니다. 우리가 풀죽신교의 라살 왕국 지부를 창설해 봅시다."

하벤 제국이 점령한 왕국들, 엠비뉴 교단이 장악한 지역 그리고 그 외의 수많은 왕국의 도시와 크고 작은 마을들에 우후죽순 풀죽신교의 지부들이 생겨났다.

대륙이 혼란에 빠지면서, 잡초들이 사방에서 번져 갔다.

"후후후, 괜찮은 전투였군."

암살자 마스터 퀘스트에 도전 중인 그는 르포이 평원의 전투에 참여했다.

북부 유저들의 편으로 출전하여, 헤르메스 길드의 유저들만 무려 137명을 해치웠다.

혼전 중에 방어력이 좋은 NPC 기사도 402명이나 없애는 대단한 공적을 세우고 나서 중앙 대륙으로 되돌아가고 있었다.

이제 암살자 마스터 퀘스트의 끝이 머지않았다.

'다음 퀘스트를 받아야 되겠군.'

그가 비페스트의 술집에서 휴식과 정보를 얻고 있을 때였다.

"북부의 전쟁에서, 놀랍게도 아르펜 왕국이 하벤 제국을 무찔렀다더군."

"정말 많은 사람들이 뭉쳐서 하벤 제국의 침략을 막아 냈다는 소식은 나도 들었네."

술꾼 주민들끼리의 화제도 단연 북부의 전쟁에 대한 것이었다.

"후후, 여기 위스키 한 병."

암살자는 독한 술을 입안에 털어 넣었다.

참여했던 전투에 대한 소문을 이런 식으로 듣는 것도 나름 흥미롭고 즐거운 일이다.

"새로 유명해진 영웅들이 많이 나타났다고 하더군."

"아, 조인족 전사 울극 말인가."

"마법 공격을 뚫고 땅으로 내려와서 휩쓸어 버렸다지."

암살자도 전투에서 그 광경을 목격하였는데, 작렬하는 마법들 사이로 급강하하던 울극은 실로 대단했다. NPC 조인족이었지만 실력은 왕국의 기사단장급이었다.

"코네라는 기사도 활약을 하였더군. 아이데른 왕국에서 꽤나 날리던 기사였는데, 모시던 귀족의 명예롭지 못한 행동에 질려서 북부로 갔던 모양이야."

"궁수 페일에 대해서도 빼놓을 수가 없지. 그는 전투에서

백 발을 쏴서 무려 아흔여덟 발을 맞히는 정확도를 뽐냈어."

"드라고어의 그물은 재료를 독거미에서 추출해 낸 거라 상대하기가 여간 까다롭지 않았다고 하던데."

전투에서 활약한 유저들에 대한 이야기가 계속 쏟아져 나왔다.

중앙 대륙에까지 소문이 퍼진다는 건, 개인이나 그를 아는 주변 사람들의 입장에서 보면 대단한 영광이다. 그렇기 때문에 모험을 성공시키고 난 이후로는 일부러 들어 보기 위해 도시를 떠나지 않는 사람도 있었다.

먼 도시에 가더라도 어떤 모험을 했다고 말하면서 먼저 알아봐 주면 그것도 아주 영예스러운 일이다.

"여기 얼마지?"

휴식을 충분히 취한 암살자가 계산을 하고 떠나려고 하는 순간이었다.

"전쟁에서 하벤 제국의 중요한 인물들이 습격을 당해서 많이 죽었다는군."

"아, 그 이야기는 나도 들어 보았네. 유령도 놀랄 정도로 깔끔한 솜씨였다지."

암살자는 슬며시 미소를 띠었다.

자신에 대한 소문이 빠질 리가 없다.

죽음을 몰고 오는 그림자라는 호칭처럼, 그야말로 완벽하게 해치웠으니까.

"그 솜씨는 얼마 전에 몬토냐에서 활동하던 암살자를 떠올리게 할 정도야."

흠칫!

암살자는 큰 충격을 받은 듯이 몸을 떨었다.

"아, 그 양념게장이라는 암살자 말인가?"

"그렇지. 죽음을 몰고 오는 그림자 양념게장의 솜씨야말로 대단하지 않았던가."

"몬토냐에서는 영웅으로 불리기에 부족함이 없지."

"아이들이 커서 양념게장처럼 살고 싶다고 해서 부모들이 뿌듯해한다더군."

지난달에 몬토냐에서 어린 소녀의 퀘스트를 받아서 해치운 적이 있다.

암살자의 이름은 그때 알려지고 말았다.

로열 로드를 시작할 때에 별생각 없이 대충 아무렇게나 지어 버린 이름. 양념게장.

호칭도, 죽음을 몰고 오는 그림자 외에도 여러 개가 있었다.

피하지 못하는 죽음 양념게장.

어둠의 살인자 양념게장.

영혼을 파괴하는 양념게장.

잔혹한 살육 지배자 양념게장.

"커흐흐흐흑."

암살자 양념게장은 슬픔에 빠져들었다.

누구에게도 알려 주고 싶지 않은 이름. 암살자라는 직업이 아니라 이름 때문에라도 파티 사냥을 할 수가 없다.

암살자라고 하면 음험하고 사악한 퀘스트만 수행할 것 같지만, 사실상 심심치 않게 낭만적인 의뢰들이 발생하곤 했다.

악덕 영주와 기사들의 횡포로부터 아가씨들을 구하고, 몬스터들에게 잡혀 있는 귀족 소녀들도 구출한다. 혹은 던전에서 어려움에 빠져 있는 파티들을 은밀하게 따라다니며 도와줄 수도 있었다.

그렇지만 양념게장은 마음에 드는 사람을 만나더라도 이름도 알려 주지 못하고, 친구 등록은 더더욱이나 창피해서 할 수가 없었다.

"고맙습니다. 이름을 알려 주세요."

"이것이 인연이라면 다시 볼 날이 있을 겁니다. 그럼."

"정말 반했어요. 혹시라도 이름을 여쭤 볼 수 있을까요? 앞으로도 시간이 될 때마다 계속 같이하고 싶어요."

"저는 양… 아니, 혼자 다니는 편이 좋습니다."

조용히 돌아서서 어둠 속으로 사라져야 할 때의 그 슬픔!

노들레와 힐데른

"자, 자! 건어물이 쌉니다."

"오징어 좀 드시고 가세요. 말린 오징어를 10마리씩 묶어서 팝니다. 던전 사냥이나 항해에서, 입이 심심할 때 씹으면 감칠맛이 그만이에요!"

"갈치, 전어, 우럭 있어요!"

위드는 전쟁이 끝나자마자 조각술 최후의 비기 퀘스트를 위해 보로타 섬의 항구로 향했다.

"사람들이 정말 많군."

보로타 섬은 베르사 대륙에서도 소문난 미항이었다.

맑은 하늘과 잔잔하고 아름다운 바다, 산과 언덕이 멋지게 솟아나 있어서 해가 뜨고 질 때의 풍경이 일품이다. 근처에는 좋은 어장이 있어서, 손맛을 보기 위해 멀리서 찾아온 낚시배들로 항구가 항상 붐볐다.

대륙이 전쟁의 소용돌이에 빠지더라도 섬들은 평화롭다.

"일단 퀘스트를 진행하기 위해서 내가 가지고 있는 아이템으로는……."

자이언트 파이어 골렘 소환, 유성 소환. 이런 무시무시하기 짝이 없는 스크롤도 있지만 일단은 함부로 사용하지 않고 아껴 둬야 한다.

조각술 최후의 비기 퀘스트인 만큼 보통 어려운 과정이 남아 있는 게 아니리라.

"감정!"

보로타 섬 주변 지도 : 내구력 3/5.
보로타 섬과 주변 군도의 지형, 해류의 흐름이 표시되어 있다.
항구에서 3실버에 판매되는 지도.

밤하늘의 별 이야기 #73
북동쪽의 별자리를 해설해 놓은 양피지이다.
흰곰자리와 겨울눈 자리, 연인의 별자리가 나와 있다.

멈춰 버린 나침반 : 내구력 11/17.
작동되지 않는 항해용 나침반이다.

보로타 가문의 저택 열쇠
정문을 열 수 있는 열쇠이다.
오래되어서 몇 번 사용하지 못할 것 같다.

시간의 모래
3회 사용 가능.
시간의 모래, 혹은 회상의 모래라고도 불리는 신비한 물건이다.
대륙 남부 사막 부족의 보물로서, 시간을 되돌려 오래전에 있었던 모습들을 보여 준다.
소유하고 있는 것만으로도 과거의 시간과 엮이기도 함.

위드는 우선 주민들에게 말을 걸었다.

"노들레와 힐데른에 대해서 알고 싶습니다."

"그 사람들? 저곳에 공원이 있으니 가 보시구려."

섬에는 그들을 기념하는 공원이 도처에 있었다.

광장과 건물, 심지어 언덕에도 그들의 이름이 붙어 있다.

하지만 벌써 수백 년이 지난 과거의 일이기에 정확한 사실 관계는 알 수가 없었다.

위드는 우선 노인들부터 찾았다. 당연히 빈손은 아니었다.

"이게 뭔가?"

"신선한 전복죽입니다. 드시면서 노들레와 힐데른에 대한 이야기를 들려주시면 안 될까요?"

"음, 내가 좋아하는 전복죽이로군. 보기 드물게 예의를 아는 청년이구만. 노들레와 힐데른에 대해서는 내가 조금 알지. 할아버지의 할아버지, 그리고 그 할아버지에게서 들었던 이야기가 있거든. 그들은 한마을에서 태어났어."

"어딘데요?"

"항구의 뒤쪽 언덕에 있는 작은 마을이지. 노들레와 힐데른은 마을에서 함께 자라나며 사랑을 키웠다고 해. 근데 전복죽에 전복은 어디 있는 건가?"

노인들이 들려주는 이야기들을 긁어모았다.

노들레와 힐데른은 워낙 유명한 인물들이라서 이미 이런 방식의 접근을 시도해 본 다른 유저들도 많았다. 하지만 친밀도나 상황에 따라서 말해 주는 내용이 미묘하게 다르기도 하기에, 기초 정보 수집을 위하여 빼놓을 수가 없는 절차였다.

"노들레의 집안은 보로타 섬에서 가장 부유했지. 한때 이곳의 배들을 대부분 소유하고 있었을 정도야."

"키가 크고 잘생긴 노들레에게 섬의 여자들은 정신을 다 잃어버릴 정도였다고 하네."

"힐데른? 힐데른은 그리 예쁘지 않았다는 이야기가 있어. 말도 더듬거리면서 하고, 다리를 불편하게 절었다더군. 아주 오래전부터 내려오던 이야기이니 사실이 아닐 수도 있겠지?"

"노들레를 그린 그림도 어딘가에 하나쯤은 남아 있지 않을까?"

"관청 안쪽의 건물로 가 보게. 거기가 노들레의 집이었으니 남겨진 물건들이 있을 거야. 그런데… 우럭죽인데 대체 왜 우럭이 안 나오지?"

재료를 최대한 아낀 맛있는 음식들로 정보들을 입수했다.

요리 스킬의 큰 장점으로는, 맛으로 친밀도를 획득하기가 쉽다는 점!

"노들레를 위주로 알아봐야 되겠군."

위드는 섬의 행정을 맡아 하는 관청으로 이동했다.

평화로운 섬이라서 갑옷도 입지 않은 가벼운 옷차림의 경비들이 입구를 지키고 있었다.

"무슨 일이오?"

"조사해 볼 것이 있어서 왔습니다. 저는 위드입니다."

"이름은 들어 본 것 같군. 그대라면 누구든 만나고 싶어 할 테니 얼마든지 들어가도 좋소."

경비들은 길을 열어 주었다.

엄청난 금액을 투자한 상인이나 섬에서 유명한 모험가가 아니면 관청에 들어가기가 어렵다. 모험 명성으로나 지위로나, 위드는 기꺼이 입장이 가능했다.

넓은 관청에는 보로타 해군을 지휘하는 해군본부가 있는 구역이 있었고, 그 뒤편으로는 과거에 노들레 가족이 살았다는 대저택이 있었다.

"최근 상선들을 노리는 도적 떼가 있다는 첩보를 입수했는데 나서 볼 생각이 없는가?"

"초록색 아가미를 가진 상어의 습격이 계속되고 있는데, 놈은 아마 해초들이 있는 곳 주변에 자주 나타나는 것 같아."

해군본부에서 퀘스트를 받는 유저들도 많았다. 항해사도 있지만 대부분이 선장이라서 옷차림들이 화려했다.

위드는 해군본부를 지나서 곧바로 대저택이 있는 후원으로 향했다.

저택은 오랫동안 그대로 방치되어 있었지만, 사방에 나무들이 커다랗게 자라서 아늑한 느낌이었다.

위드는 바람결에 실려 오는 꽃 냄새를 맡으며 보로타 가문의 저택 열쇠를 꺼냈다.

달칵.

―보로타 가문의 저택 문이 열렸습니다.
오래된 녹슨 열쇠가 깨졌습니다.

"멀쩡히 남아 있는 것들은 별로 없군."

건물 내부의 가구들은 낡고 부서져 있었으며 따로 챙길 만한 골동품도 없었다. 복도와 방에는 거미줄과 먼지가 수북하게 쌓인 채 그림들이 방치되어 있었다.

위드는 먼지를 털어 내고 쓸 만한 것들을 살폈다.

"감정!"

> **보로타 가문의 그림**
> 보로타 가문의 가족을 그린 그림.
> 당시에 유행하는 화풍에 따라 선과 색을 강조하여, 이름 모를 화가가 그렸다.
> **예술적 가치 : 19.**

-지식이 1 증가합니다.

그림에는 보로타 가문의 가족들뿐만 아니라 주변에 여러 가지 부를 과시하는 물품들도 같이 그려져 있었다.

비싼 유리 제품이나 융단, 은세공품, 치장하고 있는 보석들로 봐서 보로타 섬이 무역을 많이 했었다는 사실을 알 수 있었다.

위드는 먼지와 거미줄들을 치우면서 걸어 다녔다.

"여기 돈 될 만한 그림이 있을 것도 같은데……."

> **말을 탄 노들레**
> 보로타 가문의 후계자 노들레가 말을 몰고 언덕을 오르는 그림이다.
> **예술적 가치 : 45.**

수십 점의 작품들을 둘러본 후에 노들레의 그림도 발견!

"노들레가 잘생겼다는 소문은 사실인 것 같아. 음, 외모로 봐서는 거의 내 수준이로군."

뚜렷한 이목구비와 사연을 간직하고 있을 것 같은 깊은 눈동자, 짙은 눈썹, 날렵한 턱 선!

백마와 노들레는 더 이상 잘 어울릴 수가 없을 정도로, 그 자체만으로 그냥 한 폭의 멋진 그림이었다.

"돈과 외모, 가문까지 받쳐 주다니… 분명 성격은 개망나니였겠지. 가학적 변태성욕자에 잔인무도한 성품이었을 거야."

위드는 대저택을 뒤져서 노들레가 쓴 양피지들을 몇 장 찾아냈다.

이상한 그림들이 그려져 있기도 했다.

"이건 무슨 돌로 지은 움막 같은 집인가? 이런 곳에 사람들을 가둬 놓고 어떤 변태 짓을 했을지도 모르지. 감정!"

보로타 섬에는 폭풍우가 자주 밀려온다.
이런 집이라면 주민들이 안심하고 살 수 있으리라.

-주민들이 폭풍에 피해를 입지 않도록 개발한 주택의 설계 도면을 읽었습니다.

-지식이 1 증가합니다.

-건축 지식의 습득으로, 아르펜 왕국에 심한 폭풍에도 파괴되지 않는 주택을 건설할 수 있게 되었습니다.

"음, 건축 쪽에 제법 관심이 많았나 보군. 다음 양피지로는… 감정!"

섬의 주민들이 파도가 심한 날에도 위험한 항해를 떠나는 것을 보며 걱정스럽지 않을 수가 없다.
이 연구가 그들을 위하여 조금이나마 도움이 될 수 있다면 좋을 텐데…….

-거친 파도를 헤치는 항해용 선박에 대한 지식을 습득했습니다.
 항해용 선박에 특수 뱃머리를 제작할 수 있게 됩니다.

-지혜가 2 증가합니다.

-행운이 4 높아집니다.

"그리고 이건 무슨 약초들 같은데. 감정!"

흔하게 보이는 풀과 몇 가지 뿌리들을 조합하면 향토병을 이겨 낼 수 있다.
누구나 만들 수 있는 치료약이 많이 제조되면 주민들이 병마와 싸워서 이겨 낼 수 있으리라.

-지식이 3 증가합니다.

─통솔력이 1 증가합니다.

"머리도 좋았던 것 같군. 하지만 머리 좋은 놈치고 착한 녀석이 있을 리가 없어. 다 가식일 거야."

다음의 양피지는 힐데른에게 보내지 못한 내용이 담겨 있었다.

힐데른

오늘은 흰 구름들이 하늘을 많이 지나다녔지. 어떻게 알았냐면, 너를 생각하면서 계속 하늘을 봤거든.

내일 아침에 우리가 함께 항구를 내려다보던 언덕에서 만나자.

경험 많은 선원이 그랬는데, 돌고래들이 오고 있다고 해.

똑똑하고, 배려심이 많은 성품에, 낭만적이기까지 하다.

위드의 인식은 오히려 더 악화되었다.

"과연 독한 놈이군. 쉽게 밝혀낼 수 없는 어떤 음험한 행동이 있겠지. 바람기가 심해서 애가 서른둘이거나 공동묘지로 가서 시체를 뜯어 먹는다거나 하는……."

저택 내부를 샅샅이 수색해 봤지만 결과는 그 정도뿐이었다. 혹시나 비밀 공간이 숨어 있지 않을까 해서 탐색도 해 봤지만 찾지는 못했다.

그 후로는 경치가 좋은 보로타 섬을 돌아다니며 그들의 이름이 붙은 장소들을 확인해 보았다.

거리에서는 화가들이 노들레와 힐데른의 그림을 그리고 있었으며, 언덕에는 그 둘의 사랑을 기념하는 조각품도 세워져 있었다.

위드는 항구가 내려다보이는 언덕에도 가 보았다.

보로타 섬을 둘러싼 산호초 바다와 옹기종기 아름답게 모여 있는 섬들, 그 사이를 항해하는 배들로 이루어진 최상의 경치가 펼쳐져 있었다.

그리고 바다가 내려다보이는 장소에 넓은 석판 같은 것이 보였다.

"이건 뭐지?"

위드는 석판을 만져 보았다.

"돌에 글귀를 새겨 놓은 것 같은데. 바다신의 제단?"

띠링!

보로타 섬의 연인들 완료
노들레와 힐데른의 사랑은 같은 고향에서 태어나서 운명과도 같이 시작되었다.
그렇지만 힐데른은 바다신의 사제. 평생 결혼을 하지 못하며, 만약 남자를 만나다가 발각이라도 되면 바다에 제물로 바쳐지게 될 운명이었다.

그리고 위드의 눈앞에 영상이 흘러나왔다.

"힐데른, 영원히 너와 함께하고 싶어. 이 나무는 크게 자라서 깊이 뿌리를 내리겠지. 노인이 되어서 함께 이 나무를 보고 싶어."
"나도 그래, 노들레."
꽃이 활짝 피어 있는 언덕에서 노들레와 힐데른이 다정하게 이야기를 했다.
그리고 그들을 쳐다보는 바다신의 다른 사제들.
"사제인 힐데른이 남자를 알게 되면 바다신이 노하실 것입니다."
"바다를 잠잠하게 하기 위하여 원래는 3년 후로 예정되어 있던 제물 의식을 지금 치러야겠습니다."
보로타 섬을 비롯하여 몇몇 섬들은 바다신의 관할하에 있었다. 바다신들의 사제가 내린 결단은 영주라고 하더라도 거스르지 못한다.
그들이 힐데른을 제물로 바치기로 결정을 하고 보로타 가문에 통보를 하였다.
노들레는 하인들을 통해 그 사실을 알게 되었고, 심한 폭우가 오는 날 저녁 힐데른을 데리고 바다에 작은 조각배를 띄웠다.
다음 날 아침에 둘이 사라진 사실이 알려지게 되었다.

바다신의 사제들도 그들을 추격하러 바다로 나섰다.

띠링!

> **성난 바다**
> 노들레와 힐데른은 비가 오고 파도가 심한 날 바다로 배를 띄웠다.
> 조각배를 타고 그들이 항해한 궤적을 찾아서 목적지까지 이동하라.
> **난이도** : 조각술 최후의 비기 퀘스트
> **퀘스트 제한** : 사망했을 시에는 퀘스트 실패.
> 퀘스트에 참여할 여성 동료 1명을 필요로 함.
> 연계 퀘스트를 끝까지 함께해야 하며, 그녀에게도 중요한 역할이 부여됩니다.
> 동료가 사망 시에도 퀘스트 실패.
> 비가 내림.

"여성 유저 1명을 필요로 하는군."

퀘스트의 내용으로 봐서는 아무래도 항해와 관련이 있었다.

"베키닌의 3마리 미친 상어들은 모두 남자인데… 다른 여자 항해사 1명을 데려와야 할까?"

하지만 단순한 항해술의 문제는 아닐 것 같았다.

"항해 스킬은 나도 중급에 올라 있으니, 동료는 도움을 주면서도 죽지 않는 게 더욱 중요해."

어떤 일이 있더라도 어지간해서는 죽지 않을 사람이라면 역시 서윤.

르포이 평원에서의 전투에서도 광전사로서 대단한 활약을

벌였다. 헤르메스 길드의 유저들을 무수히 해치우면서 그녀
도 집중 공격을 당했지만, 끝까지 살아남았다.
 그녀가 챙긴 전리품과 공적에 대한 시샘도 많이 했다.
 위험할수록 끈질긴 직업이 광전사였다.
 위드는 서윤에게 조심스럽게 귓속말을 보냈다.
 -저기, 바쁘지?
 -한가해요.
 서윤은 던전에서 무섭게 덤벼드는 레벨 450 정도의 파코
스를, 검을 거꾸로 쥐고 내려찍고 있었다.
 캐갱!
 파코스가 회색빛으로 변해서 사라졌다.
 하지만 어둠 속에서 아직 7마리 정도는 덤벼들 준비 자세
를 취하고 있었다.
 서윤은 이번 던전에 들어와서 무려 314마리의 파코스들을
해치우고 뿔과 이빨, 가죽을 모았다.
 위드는 그런 상황에 대해서는 모르는 채로 계속 귓속말을
보냈다.
 -내가 퀘스트를 해야 되는데… 도와줄 수 있어?
 -바로 갈게요. 어딘데요?
 -보로타 섬으로 오면 돼. 와삼이를 보낼게.
 서윤에게 도와 달라는 요청을 한 뒤에 비행하는 조각 생명
체들도 불러들였다. 여차하면 하늘에서도 지원을 받기 위함

이었다.

쏴아아아아아!
바다로 비가 내렸다.

―성난 바다 퀘스트가 진행되는 동안에는 계속 비가 내리게 됩니다.

"아, 이놈의 비는 언제 그치는 거야?"
"그러게. 무슨 비가 엿새나 계속 쏟아지냐."
"잠깐도 쉬지 않고 내리는데, 이거 좀 이상하지 않아?"
보로타 섬의 유저들은 퀘스트가 진행되는 동안에 불가피하게 비를 맞아야 했다. 해변가에서의 수영이나 연안 낚시도 불가능할 정도의 폭우였다.

위드는 서윤과 함께 단단한 삼나무 배를 건조했다.
"조선 스킬이 있으니 이럴 때 또 써먹게 되는군."

항해를 하면서 조선 스킬이 초급 3레벨까지 되었고, 그 후에 장식용으로 정밀한 조각품 배를 깎으면서 4레벨이 되었다.
무슨 일이 닥쳐도 잘 해낼 수 있다는 점이 잡캐의 장점이었다.

위드가 고지식한 기사이거나 검사였다면 이런 퀘스트도 수월하진 않았으리라.

"죽을 고생을 하는 퀘스트만 수행할 수 있다니, 정말 조각사란 직업은 파란만장하기 짝이 없다니까."

바다에서는 4미터, 5미터가 넘는 파도들이 밀려들었다.

이런 날씨에 조각배를 띄우기란 아무래도 영 껄끄러웠다. 하지만 기다린다고 해도 퀘스트로 인하여 내리는 비는 그치지 않을 것이다.

"노들레와 힐데른이 이런 날씨에 출항을 했으니… 아무튼 따라가 보는 수밖에 없지."

위드가 서윤과 함께 조각배를 타고 바다로 나아갔다.

갑자기 출항하게 되었던 노들레와 힐데른의 조각배와는 달리 각종 보급품과 선박 수리용 목재, 식량 등을 듬뿍 실은 상태였다.

중형 범선도 이런 날씨에는 가급적 바다로 나가지 않는다. 먼바다에서는 파도가 더 심해질 수 있으며 해류의 흐름이 바뀌는 장소에서는 위험한 소용돌이도 발생하기 때문이다.

워낙 험한 파도로 인해서 노를 젓기도 어려웠지만 아직까지는 버틸 만했다.

정확히는 원하는 방향으로 항해하는 게 아니라, 파도에 이리저리 떠밀려서 갈 뿐이었지만.

띠링!

―거친 파도로 인하여 선체의 내구도가 1 감소합니다.
 선체의 내구도 : 44/45.

"우선 보로타 섬을 그대로 빠져나와서… 그다음에는 어느 쪽으로 갔을까?"

시간의 모래가 있지만 함부로 막 쓸 수는 없다.

퀘스트가 어떤 식으로 이어질지 모르고, 혹시라도 쓰고 남는다면 비싼 값에 팔아먹을 수 있는 것이기 때문!

위드는 보로타 섬 주변 지도를 펼쳐 놓고 대략 추리를 했다.

"노들레가 구했을 배는 그리 좋은 게 아니었겠지. 파도가 심하고 비까지 내리는 날에 먼바다로 가진 못했을 거야."

수심이 깊지 않은 장소, 그리고 파도에 배가 가라앉지 않도록 항로를 짜야 했으리라.

보로타 섬 출신의 노들레와 힐데른이었으니 그들이 선택할 항로는 두 가지뿐이었다.

하나는 파힐 섬에서부터 3개의 섬을 경유하며 곧바로 대륙으로 가는 것이고, 다른 한 가지는 해양 몬스터에 암초까지 많은 벨라스케스 해역을 통하는 것이다.

위드는 퀘스트 아이템 중에서 멈춰 버린 나침반을 꺼내서 지도에 올려놓았다.

우연의 일치인지 모르지만, 정확히 벨라스케스 해역을 가리켰다.

"벨라스케스 해역으로 갔겠군."

"왜요?"

서윤이 결론이 내려진 근거를 물어봤다.

노들레와 힐데른 **163**

나침판은 확실한 증거가 되지는 못했으니까.

"이것 봐. 파일 섬 쪽으로 가면 대륙으로 넘어가기가 아주 쉽잖아."

"그러네요. 보급도 편하고 항로도 안전하다는 평가가 있어요."

"그러니까 벨라스케스 해역이지. 내 고생문은 언제든 활짝 열려 있을 테니까."

보로타 섬 주변 지도에 벨라스케스 해역은 극도로 위험하다고 적혀 있었다.

노들레와 힐데른이 구태여 그곳으로 갔다는 점은 좀 이상하다.

그렇지만 도망치는 입장에서는 오히려 추격자들을 곤란하게 하기 위해서라도 벨라스케스 해역을 택할 수밖에 없었으리라.

"우선 가 보도록 하자. 아니면 반대쪽으로 돌아가면 되니까."

위드가 힘껏 노를 저었다.

힘과 민첩이 높기 때문에 노 젓기는 스킬이 없어도 아주 빨랐다.

"도저히 일직선으로 가진 못하겠어. 파도를 고려해서 저어야겠군."

서윤은 조각배에 차오른 빗물을 퍼내고, 마법이 걸려 있는

찻잔을 사용해 따끈한 차를 만들었다.

어두운 밤에 파도가 심하고 비까지 내리고 있었지만, 단둘이 바다에서 조각배를 탄다는 낭만도 있었다.

노들레와 힐데른.

연인들이 섬을 탈출하여 항해하고 있을 때에도 얼마나 깊고 따스한 사랑의 감정의 교류가 이루어졌겠는가.

서윤에게는 따스한 차를 마시면서 바다를 여행하는 즐거움도 있었다.

> -거친 파도로 인하여 선체의 내구도가 1 감소합니다.
> 선체의 내구도 : 43/45.

새벽의 무시무시한 바다!

위드는 조각배를 잠깐씩 수선하며 밤새도록 노를 젓는 일을 쉴 수가 없었다.

그다음 날 아침. 해가 지평선에서부터 떠오르면서 어스름한 어둠이 몰려가기 시작했다.

고생 후의 벅찬 감동!

여전히 주변에는 비가 많이 내리고 있어서 서윤도 밤새 배에 고인 물을 퍼내야 되었다.

서윤이 고생 끝의 낙이라는 것처럼 활짝 웃었다.

"그래도 좋은 추억이 되었네요."

위드에게밖에는 보여 주지 않는 다정하고 따스한 미소.

위드는 고개를 저었다.

"아냐. 내기를 해도 좋아. 내 더러운 팔자가 여기서 끝날 리가 없어."

그리고 잠시 후, 보로타 섬이 있는 저 멀리에서부터 대형 선박 12척이 모습을 드러냈다.

그들이 내걸고 있는 깃발에는, 지금은 사라졌다는 바다신이 그려져 있었다.

바다신의 대형 전투선들이 정확히 위드와 서윤을 노리며 쫓아왔다.

"어떻게 된 거예요? 바다신은 그냥 이야기 속에만 있는 거 아니었어요?"

"몰라. 확실한 건 이놈의 고생길은 땅과 하늘, 바다를 가리지 않는다는 거야."

과거의 시간

"노들레! 힐데른은 바다신에게 바쳐져야 할 제물이다. 당장 그곳에서 멈춰라!"

대형 전투선들에서 외치는 소리는 위드와 서윤을 노들레와 힐데른으로 잘못 알고 있었다.

위드는 단순한 착각은 아니라는 생각이 들었다.

전투함선이 이렇게 뒤쫓아 온 것도 그렇고, 퀘스트를 하고 있는 것도 우연은 아니다.

노들레와 힐데른이 보로타 섬을 빠져나가던 과거의 그날이 마치 환상처럼 재현되고 있는 것이다.

―시간의 모래로 인해 시간의 축이 흔들려 신비한 일이 벌어지고 있습니다.

"신비한 일은 무슨."

퀘스트 아이템이 오히려 화를 불러온 상황!

서윤이 위드를 물끄러미 보았다.

"어떤 사연인지는 모르지만 필요하다면 저를 보내도 돼요."

아마도 이 상황에서 힐데른도 노들레에게 그렇게 말했으리라. 연인들이 두려움에 떨면서 애간장을 태울 만한 그런 순간이었다.

물론 서윤이 한 말의 의미는 사뭇 달랐다.

힐데른의 경우에는 노들레가 자신 때문에 괴로움을 받지 말라는 뜻이었다면 서윤의 경우에는…….

'저를 보내 주세요. 전부 죽이고 돌아올게요.'

위드는 고개를 저었다.

"아냐. 우린 끝까지 함께 갈 거야. 절대 저들에게 널 넘겨줄 수 없어."

조각술 최후의 비기 퀘스트는 정말로 중요한 것이다.

서윤을 넘겨줘서라도 성공할 수 있다면 사실 심사숙고해 볼 만은 하다.

그렇지만 동료가 사망해도 퀘스트는 실패!

"정말이에요?"

"그럼. 아무리 말해도 우린 끝까지 같이 갈 거야."

서윤은 다시 한 번 곱게 웃었다.

위드는 항상 무심한 척하면서도 그녀를 깊이 아껴 주었다.

과거에도 그녀가 배가 고프면 당연하다는 듯이 밥을 해 주고, 다치면 붕대를 감아 줬다.

물론 위드는 그저 그녀가 무서워서 비굴하게 바쳤던 것이지만.

"빠져나갈 수는 있겠어요?"

"최선을 다해 봐야지."

위드는 힘껏 노를 저었지만, 대형 돛을 활짝 펼치고 탄력을 받은 전투함선들은 아주 빠른 속도로 다가오고 있었다.

'지도상으로 여기서 조금만 더 가면 암초 지대가 나올 텐데…….'

거기라면 전투함선들을 따돌릴 수 있다.

'아마도 노들레는 나보다 배를 잘 몰았을 거야. 따로 짐을 싣고 있지도 않았을 테고, 그렇다면 무난히 이들을 따돌렸겠군.'

조각배와 바다신의 대형 전투선들은 빠르게 가까워지고 있었다. 해상전 경험에 의하면 곧 대포의 사정거리 안이었다.

"아무래도 안 되겠어요. 잠깐 다녀올게요."

"응?"

서윤은 배에서 일어나더니 가볍게 훌쩍 몸을 날렸다. 그리고 활짝 펼치는 빛의 날개!

조각 생명체 중의 빛의 날개는 최근에 서윤에게 가 있었다. 누렁이나 금인이에게는 그다지 쓸모가 없기도 했지만,

빛의 날개가 스스로의 의지에 따라 서윤을 따라다니는 것이었다.

빛의 날개를 활짝 펼친 서윤은 바다신의 전투선의 갑판으로 날아갔다.

조각배에서 노를 젓고 있던 위드는 조마조마했다.

"놈들한테 사로잡히면 퀘스트 실패인데. 조각술 최후의 비기 퀘스트를 이렇게 허망하게 실패해 버리는 건……."

그리고 전투선에 들려오는 무지막지한 소리.

우지끈! 콰과광!

중앙 돛이 옆으로 쓰러지고, 대포와 선체가 마구 파괴되고 있었다.

"끄아아악!"

"사, 살려 줘!"

바다신의 추종자들의 비명 소리, 여기저기서 앞다투어 바다로 뛰어드는 듯한 물소리도 들렸다.

그리고 잠시 후에 기우뚱 기울어져서 침몰하는 전투선!

서윤은 빛의 날개를 펼치고 다른 전투선으로 날아갔다.

꽈과광! 쾅, 꽈광!

전투선에서 벌어지고 있을 어떤 끔찍한 일을, 직접 보지도 않고도 알 수 있었다.

"이번에도 제대로 미쳤겠구나."

르포이 평원에서처럼 광전사의 능력이 확실히 발휘되고

있으리라.

"이건 노들레와 힐데른의 이야기와는 다르겠군."

원래 퀘스트의 내용대로라면 자신이 연약한 힐데른의 역할을 하는 여자를 보호해 가며 난관을 뚫고 도주를 해야 한다. 하지만 지금은 광전사 서윤이 바다신의 추종자들을 도륙하고 있었다.

"요즘 세상이 어떻게 변했는데. 여자가 한을 품으면 데스 나이트보다 무서운 세상이지."

잠시 후에 3척의 배가 침몰했을 때쯤부터는 위드가 대포의 사정거리에 들었다.

퍼퍼펑!

조각배 주변으로 떨어지는 포탄들이 높은 물기둥을 일으켰다.

포격이 개시되었지만 아직 먼 거리라서 정확한 공격은 아니었다.

위드는 능숙하게 노를 저으며 그 사이로 배를 몰았다.

노를 저어서 움직이는 작은 배라서 오히려 대포를 피하기는 훨씬 쉬웠다.

서서히 나타나는 암초들.

따라오던 6척이 암초에 부딪치고, 바다신의 전투선들은 추격을 중지했다. 그리고 난 이후에도 서윤은 2척을 더 불태웠다.

바다에서 화염에 휩싸여 활활 타오르는 침몰선들!

그 후에야 서윤은 빛의 날개를 펼치고 다시 조각배로 돌아왔다.

"다녀왔어요."

서윤의 미소는 그 어떤 화가나 조각사라도 표현해 내지 못할 정도로 아름다웠다.

단지 지금은 조금 무서울 뿐!

과거 차갑게 굳은 표정을 하던 서윤은, 이제 위드의 앞에서는 칼을 들고 잘 웃었다.

무사히 벨라스케스 해역으로 들어갔지만, 거기서부터는 또 다른 난관의 시작이었다.

푸립!

해양 몬스터 그루드루들이 물속에서 헤엄치고 다녔다.

파도에 휘청거리는 작은 배가 소용돌이에 빨려들지 않도록 애쓰면서 해양 몬스터들을 막아 내야 한다.

"노들레는 이걸 어떻게 극복했을까?"

위드가 시간의 모래를 쓴다면 노들레의 항해 방법을 보고 해답을 알아낼 수 있었다.

노들레의 전투 능력은 그렇게 좋은 편이 아니었으니 여기서 기발한 재치를 발휘했으리라. 그루드루의 약점을 공략한 다든지, 아니면 놈들을 신경 쓰지 않고도 바다를 지날 수 있는 꾀를 냈을 것이다.

그러나 위드는 소모품은 최대한 아끼는 절약주의자였다.

한겨울에도 세수를 하면서는 보일러의 따뜻한 물을 쓰지 않는 정신!

"일단 버텨 보는 수밖에. 마인드 핸드!"

별로 쓸모가 많지는 않던 스킬. 마인드 핸드.

스킬로 만들어 낸 손으로 노를 저으면서, 두 팔로는 엘프의 활을 들어서 물 위로 올라오는 그루드루를 향해 마구 쏘았다.

서윤도 가만히 있지 않고 배에 접근하는 적들을 베었다.

-배가 공격받았습니다. 3만큼의 파손이 발생했습니다.
선체의 내구도 : 29/45.

-배의 하부가 공격받았습니다. 내구도가 8 감소합니다. 구멍이 뚫려서 침수가 시작됩니다.
선체의 내구도 : 21/45.

그루드루들은 작살로 배를 부수려고 했다.

"수리!"

위드는 미리 가지고 온 목재들을 가지고 배를 수리했다.

퉁탕퉁탕!

-선체의 일부가 수리되었습니다.
 침수를 막지는 못하였습니다.
 선체의 내구도 : 29/45.

"물방울아!"
정령 창조 조각술로 만든 물의 정령을 소환!
"부르셨어요?"
물방울이 물로 휘감은 드레스를 입고 나타났다. 오랜만에 소환된 반가움에, 귀엽게 웃고 있었다.
"나가 있어."
"네?"
"배에 있는 물 가지고 밖으로 나가!"
"……."
배에 차오른 물은 정령을 통해서 계속 제거했다.
"수리!"

-선체의 일부가 수리되었습니다.
 침수를 성공적으로 막았습니다.
 선체의 내구도 : 34/45.

침수는 막았지만 벨라스케스 해역은 해양 몬스터들의 천국이었다.
"이것들을 뚫고 가야 하다니……."
위드는 거의 절망적이었다.

"이게 어쩌면 대한민국의 청소년들이 직면한 현실이라고 할 수 있지. 입시 경쟁, 취업 경쟁, 그 후로는 회사에서 잘리지 않기 위한 끝없는 아부와 야근의 생활!"

절대 포기할 수가 없기에 적들을 향하여 계속 화살을 쏘고 광휘의 검술을 쓰면서 물리쳤다.

조각배 1척을 지키기 위한 사투가 벌어지고 있었다.

"고생을 하는군."

유병준은 위드의 모험을 흥미롭게 지켜보다가 불현듯 궁금증이 일었다.

"베르사, 과거에 노들레는 어떤 식으로 저 바다를 건너간 거지?"

로열 로드를 관장하는 인공지능 베르사는 역사와 모험 기록을 검색하고 대답했다.

-지금 영상이 준비되어 있습니다. 보시겠습니까?

"7번 모니터에서 재생해."

-7번 모니터의 화면을 노들레와 힐데른의 벨라스케스 해역 항해로 바꿉니다.

모라타의 광장을 지켜보고 있던 화면이 노들레와 힐데른의 조각배로 바뀌었다.

과거의 시간

그들은 미리 준비해 온 샌드위치를 먹으면서 유유히 항해를 하고 있었다.
　그루드루들이 돌아다니는 사이를 지나가면서도 공격을 받지 않았다. 오히려 그루드루들이 귀찮은 듯이 멀리 피해 가기도 한다.
　그 이유는 선수상!
　노들레가 달아 놓은 문어 선수상이 해양 몬스터들을 멀찍이 물러나게 했다.
　가끔 다른 종류의 해양 몬스터들이 배 근처로 다가오면 바다에 양파즙을 조금 뿌렸다.
　양파즙이 바닷물에 섞이기만 하면 해양 몬스터들은 질겁하면서 먼 곳으로 떠나 버리고 그 후로는 가까이 접근하지 않았다.
　물론 이 단서들은 보로타 가문의 저택에 그림으로 남겨져 있었다.
　유병준은 위드와 서윤이 위태로운 순간들을 간신히 넘기며 죽기 살기로 버티는 것을 보며 중얼거렸다.
　"이게 아직까진 그렇게까지 어려운 퀘스트가 아닌데……."
　-스스로 고생을 하는 것으로 보입니다.
　"그래도 계속 이어지는 퀘스트는 이렇게 쉽지 않겠지?"
　-물론입니다. 현재까지 로열 로드에서 나온 퀘스트 중에 최고의 난이도로 연결됩니다.

"하지만 위드의 능력이 기대보다도 뛰어나."

유병준은 위드가 매번 위기를 극복해 나가는 과정을 보면서 괜히 화가 났다.

어려움이 닥쳐도 어떻게든 이겨 내 버리니 대중이 열광한다.

유병준의 입장에서는 이거야말로 분통이 터질 일.

"설마 앞으로의 퀘스트도 몽땅 해결해 버리고 조각술 최후의 비기를 습득하여 베르사 대륙을 통일해 버린다면……."

중간 과정에서 바드레이와 헤르메스 길드도 박살을 내 버릴 수 있으리라.

국왕으로서 유저들의 지지율도 탄탄했기에 충분히 이루어질 수 있는 상상이었다.

퀘스트를 할 때마다 내보이는, 지금까지 쌓은 다양한 스킬과 능력이 만만치 않았다. 어떤 어려움에도 최선의 해결책을 내놓으며 돌파해 버리니 유병준은 자꾸 심술이 났다.

위드가 진흙탕에서 굴러야 보는 맛이 있다고 할 수 있는데, 고생은 하더라도 멋지게 해결해 버리는 것이다.

하벤 제국의 북부 원정군이 처참히 깨진 모습들이 바로 그랬다.

사실 유병준이 반드시 위드를 미워해야 할 이유는 없지만, 괜히 받는 거 없이 얄밉고 고생을 해야 속이 시원했다.

-가능성을 계산해 볼까요?

"아니. 하지 말도록."

위드에 대해서는 더 이상 확률을 믿지 않기로 했다. 그 점에 있어서는 시대를 앞서 가는 최첨단 인공지능이라고 할지라도 믿을 수 없다.

스스로의 마음조차도 위드가 조각술 최후의 비기를 획득하는 게 좋을지 아니면 이대로 좌절하여 무너지는 편이 기쁠지 가늠하기가 어려웠다.

바드레이와 헤르메스 길드가 저지르는 행동들을 보면 그들이야말로 파멸을 맞아야 마땅하다.

그렇지만 위드가 대성공을 거두는 걸 지켜보는 것도 아랫배가 살살 아픈 일.

위드의 행동에 관심이 가서, 욕을 하면서라도 앞으로도 쭉 지켜보고 싶었다.

"어쨌든 다음의 퀘스트는 실패할 수도 있겠지. 로열 로드 최고의 난이도라고도 할 수 있는 최후의 비기인데 말이야."

-위드가 쌓아 올린 다재다능한 능력과 스탯 들이 무용지물이 될 것입니다. 순수하게 조각술 능력만으로 승부를 걸어야 하니 아무리 위드라고 해도 이번만큼은 극복이 어려울 것으로 판단됩니다.

"역시 그렇겠지. 어서 그 모습들을 보고 싶어지는군. 후흐흐흐훗."

-낄낄낄낄!

인공지능은 유병준과 함께 비열하게 웃어 줄 정도로 똑똑

했다.

🔥

"후아, 이걸 정말 무사히 지나오다니……."

위드는 벨라스케스 해역을 되돌아보며 벅찬 감동에 휩싸였다.

어려운 위기의 순간들을 셀 수 없이 넘기며 좌초당하지 않고 무사히 지나왔다.

선체의 내구력이 최하 6까지 떨어진 때도 있었지만, 조각 파괴술까지 써서 민첩을 올려 해양 몬스터들을 쫓아내고 버텨 낸 것이다.

피네스 해류에 이른 순간 해양 몬스터들은 더 이상 따라오지 않았다.

"역시 나는 할 수 있었어. 불굴의 의지가 있다면 성공할 수 있는 것이지."

서윤도 대단한 활약을 펼쳤다.

직업이 광전사라고 해도 해역을 통째로 지날 때까지 무수히 덤벼드는 몬스터와 지치지 않고 계속 싸우는 건 쉬운 게 아니었다.

배를 지켜야 하며, 바닷속의 몬스터들까지도 견제해야 하기 때문이었다.

위드도 휴식 없이 항해를 하며 전투를 벌여 과로 상태에 빠졌다. 고생을 많이 해 본 경험이 없었다면 몸 상태를 조절하며 버텨 내지 못하였으리라.
 "조각술 최후의 비기 퀘스트. 과연 난이도가 엄청나군."
 위드는 또 하나의 난관을 극복하고 나서 아주 만족스러웠다.
 힘든 일을 마치고 난 이후의 성취감!
 항해 스킬이 중급이 아니었더라면 성공할 수도 없었을 것이다.
 "역시 항해 스킬도 다 쓸모 있을 때가 있어."
 하늘에서 내내 내리던 비도 조금씩 그치고 이제 맑은 해가 떠올랐다.
 위드의 퀘스트가 진행되었으니 보로타 섬에서도 이제 비가 그치게 되었으리라.
 "도와줘서 고마워."
 "아니에요. 할 만했어요."
 서윤은 광전사의 후유증으로 인해 힘없이 누워 있었다.
 전투 중에는 잘 지치지 않는 대신에, 싸움을 마치고 나면 극도로 약해지고 회복하는 데 시간도 오래 걸렸다.
 "여기서부터는 조금 쉬어도 될 것 같군."
 위드는 서윤과 함께 조각배에서 휴식을 취했다.
 피네스 해류를 따라가면 대륙으로 향하게 된다. 커다란 위

험은 전부 지나간 셈이라고 쳐도 될 것 같았다.

그리고 그날 밤, 바다에서는 평소보다도 유난히 아름답게 반짝이는 별들이 잘 보였다.

위드는 여느 때처럼 조각품을 깎았고, 서윤은 이를 구경했다.

바다에서 달빛 조각술로 은은하게 빛나는 광석을 다듬으니 분위기가 멋지기 짝이 없었다.

첨벙!

"들었어요? 방금 바다에서 무슨 소리가 들렸어요."

위드가 바다로 시선을 돌렸다.

바다는 마치 호수처럼 잔잔하기 짝이 없었다. 환상적인 밤하늘 아래 바람도 선선하고 공기도 맑다.

"응? 아무것도 없는데?"

"분명히 무슨 소리가 났는데……."

"과민 반응일 거야."

위드는 다시 조각품을 깎았다.

고급 9레벨 75.3%에 달하는 조각술 스킬. 마스터까지 정말 얼마 남아 있지 않았다.

그동안 숱한 모험을 하면서도 조각품을 손에서 떼지 않아서 이루어 낸 성과다.

"조각술을 끝내 놓고는 재봉부터 도전을 해야지. 그리고 세상이 조금 평화로워지면 어느 한곳에 정착해서 한 1년 정도 대장장이 스킬을 마스터까지 올려놓으면 되겠지."

원대한 노가다의 계획을 세웠다.

조각술과 몇 가지 생산 스킬로 지금의 수준에 이르렀는데 모든 스킬들을 마스터한다면 그때에는 베르사 대륙에 적수가 없으리라.

첨벙!

"들었어요?"

"이번에는 나도 들었어."

바닷물이 튀는 소리가 아주 가깝게 들렸다.

"뭐가 나올지도 모르겠군."

하이 엘프의 활을 꺼내서 무장을 했다.

망망대해에서는 어쨌든 작은 일이라고 해도 경계하지 않을 수가 없다.

그때!

첨벙! 첨벙! 첨벙!

위드와 서윤이 타고 있는 배의 주변으로 커다란 물고기들이 뛰어올랐다.

"청새치다."

몸길이 3미터가 넘는 대형 생선!

제피가 낚아서 맛있게 요리를 해 먹은 적이 있다. 하지만 지금은 그때처럼 여유로운 상황이 아니었다.

몇 마리씩 뛰어오르던 청새치들이 이윽고 수십, 수백, 수

천 마리로 늘어난 것이다.

바닷물 위로 첨벙거리고 뛰어오르는 청새치들이 위드와 서윤이 타고 있는 조각배 근처에 셀 수 없이 많았다.

"이거 이러다가 설마……."

쿠웅!

—배의 하단에 청새치가 와서 충돌하여 내구도가 9 줄어듭니다.
균열이 발생합니다.
선체의 내구도 : 36/45.

"수리!"

—선체를 보수합니다.

내구도를 채 올리기도 전에 청새치들이 계속 배에 부딪쳤다.

설상가상으로, 뛰어오른 커다란 청새치 1마리가 조각배 위로 떨어졌다.

끔벅끔벅.

청새치가 눈을 떴다 감았다 하면서 아가미와 꼬리를 움직인다.

매운탕을 맛있게 먹는 사람에게도 이건 공포스러운 광경!

다른 청새치들도 떨어지면서, 결국은 망망대해에서 상상하기도 힘든 일이 벌어졌다.

─선체가 파괴되었습니다.
 침몰합니다.

"이런 거지 같은 일이······."
 해양 몬스터도 아니고 생선 떼의 습격으로 인하여 배를 잃어버리게 되다니.
"꺄아악!"
 서윤이 비명을 지르면서 바다에 빠졌다.
 위드는 그녀를 구하기 위해서 바로 깊은 바다로 뛰어들었다.
 어두운 밤이었고 눈에 보이는 것도 많지 않았다.
 바닷속에도 청새치 떼가 계속 움직이고 있어서 움직이기가 어려웠다.
 서윤은 갑옷을 그대로 입고 있었던지라 빠른 속도로 가라앉아 갔다. 위드는 그녀를 붙잡기 위하여 깊은 바닷속으로 헤엄쳐 들어갔다.
 '잡았다.'
 무사히 서윤의 손을 잡고 그녀를 끌어안는 순간, 영상이 흘러나왔다.

 노들레와 힐데른, 둘은 벨라스케스 해역을 벗어나서 대륙으로 향하던 중에 청새치 떼의 습격을 받았다.
 배가 부서지고, 파편들에 의지하여 표류하기 시작했다.

'그래도 제대로 찾아가고 있는 것이었어.'

위드는 조금은 안심하면서 서윤을 안고 수면 위로 올라왔다.

"괜찮아?"

"구해 줘서 고마워요."

"고맙긴 무슨……. 이번 달 도시가스비나 대신 내 주면 되지."

위드는 부서진 널빤지를 구해서 서윤과 함께 붙잡았다.

"꾸엑!"

와이번들은 바다 위를 날고 있었다.

"주인이 사라졌다."

"딱 없어졌다."

와일이가 윤기가 줄줄 흐르는 맛있는 말을 볼 때처럼 눈을 부리부리하게 떴다.

그렇지만 이제 잔잔해진 바다에서, 위드와 서윤이 타고 있던 조각배는 감쪽같이 사라져 버린 후였다.

와오이와 와육이, 와칠이가 바닷물 바로 위로 날면서 훑어보았지만 발견되지 않았다.

와삼이는 다급하게 찾는 형제들이 한심하다는 듯이 그저

구경만 했다.
"우리 밥이나 먹으러 가자."
"와삼이 넌 주인이 걱정되지도 않냐."
"주인이 널 얼마나 예뻐했는데……."
형제들의 말에, 와삼이가 터무니없다는 듯이 날개를 퍼덕였다.
"남자와 여자가 같이 사라졌다."
"근데?"
"그럴 땐 찾는 것이 아니다. 끅끅끄끅."
음흉하게 웃음을 짓는 와삼이!
"아, 그런 거냐."
"나중에 다시 나타나면 우린 아무것도 모르는 척해 주면 된다."

위드와 서윤은 하루를 넘게 바다에서 표류했다.
둘이라서 그런지 심심하지는 않았다. 널빤지를 잡고 망망대해를 떠다니는 것도 특별한 경험이었다.
"어릴 때부터 이렇게 수영하는 걸 좋아했지."
"수영장에 다녔어요?"
"동네 목욕탕에서 자주 놀았어."

그리고 마침내 닿은 육지!
띠링!

-항해 스킬의 숙련도가 증가했습니다.

성난 바다 완료
노들레와 힐데른은 추적자들을 피해서 무사히 대륙에 상륙했다. 그들의 앞길에는 불안함이 가득하지만, 바다신의 추종자들을 피해서 달아난 것만으로도 당장은 기뻐할 수 있었다.

"제대로 찾아오긴 한 건가."

위드는 주변을 살펴봤다.

고운 모래들이 넓게 펼쳐져 있는 백사장이 있었다.

보로타 섬에서 대륙으로 항로를 빙 돌아오기는 했지만 그렇게 먼 곳은 아니다.

"위치상으로는 아마도 코르타델솔인 것 같은데."

따스한 햇볕이 사시사철 비추고, 백사장과 지형이 아름다운 곳.

이피아 섬과 더불어 베르사 대륙 3대 휴양도시 중의 하나였다.

"저도 방송에서 본 적이 있는데 주변의 산들을 보니 맞는 것 같아요."

"그런데 왜 사람들이 없지?"

해변가에 세워져 있던 고급 숙박 시설과 식당 등이 보이지 않았다. 멋지게 지어진 귀족의 별장들도 없었고, 이곳에는 오로지 모래사장뿐이었다.
　"날씨도 좋은데 해변에서 놀고 있는 유저 1명도 안 보이고……."
　위드는 아무래도 수상쩍었다.
　표류를 하는 도중에도 근처에서 항해를 하는 유저들을 만나 보지 못했다.
　북부의 외딴섬도 아니고, 보로타 섬과 대륙 사이에는 여행객들과 교역을 하는 상인들의 범선이 상당히 많이 오고 갔다. 그중 단 1명이라도 그들을 발견했다면 구해 줄 수 있었을 텐데 가끔 지나치는 것들은 상어 빼고는 없었다.
　"방금 새겨진 것 같은 발자국이 있어요."
　서윤이 백사장에서 풀숲으로 이어진 발자국을 찾아냈다.
　해변가의 발자국이라면 평소에는 무심하게 지나쳤겠지만, 지금은 다른 어떤 흔적도 없다는 점이 호기심을 자극했다.
　"이건 두 사람의 발자국인데. 이걸 따라가 보면 뭐라도 나올지 모르겠군."
　위드와 서윤은 발자국을 따라서 걸었다.
　보통 알 수 없는 미지의 모험을 하면 불안해하기 마련이다. 하지만 둘의 정신세계는 평범한 사람들과는 달랐다.

서윤의 경우에는 간단했다.

'몬스터가 나오면 빨리 죽여야지.'

위드는 더한 편이었다.

'가죽이 좋은 몬스터가 나오면 훌륭할 텐데. 가죽을 벗기고 이빨과 발톱도 뽑고, 고기는 구워 먹고 기름도 짜내고 털도 뽑아서 따로 챙겨 둬야지.'

몬스터로서는 위드를 만나는 순간 승리하지 못하면 끝장이었다.

발자국을 따라가서 나온 장소에는 얼기설기 지은 작은 통나무집이 있었다.

숲 속에 있지만 나무들 사이로 아름다운 백사장을 볼 수 있는 위치였다.

"이거 상당히 부실해 보이는데⋯ 전형적으로 여름에는 덥고 겨울에는 추운 구조야. 그리고 빗물도 샐 것 같고⋯⋯. 주변의 재료들을 이용해서 대충 지은 집이로군. 들어가 볼까?"

"네."

위드와 서윤은 무기를 뽑아 들고 전투준비를 한 채 통나무집의 문을 열었다.

내부에는 변변한 물품이라고는 하나도 없었다.

띠링!

둘만의 보금자리

노들레와 힐데른은 육지에 도착하여 그들끼리 살아가기 시작했다.
하지만 그들에게는 어느 곳도 평화롭지 않았다.
대륙에서는 크로스 왕국, 마폰 왕국, 브롬바 왕국이 치열하게 주도권을 다투고 있었으며, 통나무집 가까이에는 몬스터들의 서식지가 있다.
모든 것이 부족하지만, 사랑하는 연인들끼리 힘을 합쳐 함께 버텨야 한다.
날뛰는 몬스터들을 피해 통나무집에서 한 달간 생존하라.
난이도 : 조각술 최후의 비기 퀘스트
퀘스트 제한 : 사망했을 시에는 퀘스트 실패.
　　　　　　　통나무집이 파괴되면 안 됨.
　　　　　　　여성 동료가 사망 시에도 퀘스트 실패.

"설마 여기는 전쟁의 시대인가."

퀘스트의 내용을 읽어 보니 아무래도 정상적인 시간대의 베르사 대륙이 아니었다.

"해변가의 풍경도 그렇고 마폰 왕국, 브롬바 왕국 이야기가 나온다는 건 아마도 정말 노들레와 힐데른이 살았던 과거로 왔다는 뜻일 거야."

"시간대가 바뀐 거네요."

"우리가 노들레와 힐데른의 역사 속으로 직접 뛰어든 거지."

위드는 그 이유에 대해서 복잡하게 생각하지는 않았다.

과거 영웅의 탑에서도 레미 공주를 구하면서 역사적인 팔랑카 전투에 뛰어들었던 적이 있다. 그때의 경험을 통해서

유추해 보면 앞으로의 상황은 간단했다.

"퀘스트가 계속 이런 식으로 진행된다면 엄청 고생을 할 것 같군."

"광장 쪽으로 갔다. 샅샅이 수색해!"
"옷에 물감을 묻히고 있는 자는 모조리 잡아들여라."
경비병들이 페트가 숨어 있는 골목길 주변을 스쳐 지나갔다.
"헉헉, 잡힐 뻔했다."
물빛의 화가 페트는 헤르메스 길드가 다스리는 지역에서 신출귀몰하게 돌아다녔다.
그는 은밀하게 벽이나 도로에 헤르메스 길드의 악행들을 그림으로 그렸다.
세금을 올리며 주민들을 수탈하는 내용, 강제로 노동을 시키는 모습들.
몇몇은 실제 본 장면들이지만, 상상력을 기반으로 꾸며 낸 그림도 많았다.
〈갓난아기를 산 채로 잡아먹는 영주 제로우〉.
〈영주민들의 피로 목욕하는 하벤 제국의 유명한 전사 레논〉.
〈시체들로 뼈 탑을 쌓으며 노는 여기사 디모〉.

충성도가 낮은 하벤 제국의 주민들은 페트가 그려 놓은 그림들을 믿었다.

"우리 영주 제로우는 충분히 그러고도 남을 놈이지."

"명예와 양심? 비겁한 짓만 일삼는 레논은 고블린도 더러워서 잡아먹지 않을 거야."

주민들의 충성도가 감소하면서 하벤 제국의 치안은 갈수록 악화되었다.

페트가 사실적인 그림을 그릴수록 주민들에게 미치는 영향력이 커졌다.

헤르메스 길드가 비록 북부에서는 처참한 패전을 경험했지만, 대륙의 다른 지역들에서는 우세한 전황을 보이고 있었다. 바드레이가 친위대를 이끌고 출진한 블랙소드 용병단과의 전쟁은 매일 대단한 공방전을 펼치며 인기를 끌었다.

페트는 헤르메스 길드의 관심이 점령전에 집중되어 있는 틈을 타서 온갖 곳에 그림을 그렸다.

복잡한 뒷골목이나 용병 길드의 벽, 다리 밑, 던전 내부, 마차에 이르기까지, 그가 그려 놓은 그림은 계속 하벤 제국의 치안을 나쁘게 유도했다.

문제는 그런 행동을 하는 사람이 그 혼자만이 아니었다는 점이다.

― 솔로기 이 나쁜 놈. 양심은 20쿠퍼에 팔아먹었냐?

― 이게 우리 탐욕스러운 영주 비카입니다.

하벤 제국에서 푸대접을 받던 화가들이 너도나도 골목길을 돌아다니며 그림을 그렸다.

스타이너. 베르사 대륙에 이름은 비교적 많이 알려져 있진 않지만, 대단한 능력을 가진 도둑이었다.
"하벤 제국의 치안이 나빠지고 있다니 제대로 활약할 수 있는 기회로군."
그는 직접 양성한 NPC 부하 60명을 데리고 하벤 제국의 칼라모르 점령지에 산채를 건설했다.
"이 산을 지나는 상인들은 모조리 약탈하는 것이다."
"옛!"
"두목의 명령대로 몽땅 털어 봅시다."
산을 오가는 상인들의 교역 마차며 주민들, 제국의 물품 운송 마차들이 도적 떼의 주요 목표였다.
하벤 제국에서는 상인 유저들의 교역 외에도 NPC들이 활발하게 물자들을 운반했다. 상점에서 판매하는 물품들이며 각지의 특산품, 재료, 세금 등이 마차나 배를 통하여 운반된다.
스타이너와 도적 떼는 곧 수많은 손님들을 맞이하는 성황

(?)을 누리게 되었다.

"여긴 우리가 지배하는 관문이다. 가진 거 다 내놓고 가라. 크하하하핫!"

"목숨만은 살려 주십시오."

"물론 살려 주지. 그래야 다음에 또 돈을 가지고 올 테니까!"

두말레아 산에 자리를 잡고, 지나가는 어마어마한 양의 마차들과 물자들을 포획했다.

당연히 주변 성에서 토벌군이 나왔지만 도적 떼는 산의 지형을 잘 알았고 퇴각로도 준비되어 있었다.

"산채를 버리고 이동한다."

잘 정비된 산채에서는 웬만한 토벌군을 맞아서도 충분히 싸울 수 있지만, 하벤 제국의 기사 병력은 막강했다.

스타이너의 도적 떼는 두말레아 산의 다른 봉우리로 비밀리에 이동한 다음 주변을 돌아다니며 약탈을 계속했다.

교역로뿐만 아니라, 수비가 허술한 인근의 마을도 습격했다.

―부하 도둑 코롬이 경험 많은 산적 대장이 되었습니다.

부하들의 능력이 오르면 스타이너로서는 매우 좋았다.

그와 부하들 일부를 근처의 산에 파견하여 산채를 또 하나 만들 수가 있는 것이다.

도둑은 명예 수치가 극도로 낮아지고 국가 공적치가 잘 오르지 않기에 영주나 귀족이 되지 못하는 한계를 가졌다. 만약에 영주가 되더라도 그곳은 곧 범죄자들과 도둑, 지명수배범으로 득실거리는 무법 지대가 되어 버린다.

도시와 마을은 다스리지 못하지만, 도적 떼의 수장으로서 산을 지배할 수 있다!

"음, 그대의 악명에 대해서는 익히 들었소. 추잡하고 더럽기 짝이 없는 스타이너라고 했는데 만나 보게 되어 영광이오."

높은 악명으로 인해 스타이너 못지않은 강한 이들이 부하로 들어오기도 했다.

악명을 쌓으려면 아예 제대로 쌓아야 한다.

일가족을 몰살시킨 도적 떼의 수장이나, 말과 상식이 통하지 않는 떼강도 등의 호칭이 있으면 수탈하기가 더욱 유리해졌다.

그렇게 남의 왕국에서 버티며 시간이 지나다 보면 도적 떼의 규모와 수준이 높아져서 토벌도 어려워진다.

도적 떼를 소탕하기 위해서는 완벽하게 포위하여 섬멸을 해야 한다. 몇 명이라도 무사히 빠져나가게 되면 그들이 주변에 또 다른 산채를 결성하게 되는 것이다.

보통 때라면 상관이 없지만 치안과 국가에 대한 충성도가 낮아져 있을 때는 몰려드는 지원자들에 의하여 도적 떼의 숫자는 금세 보충되었다.

"에잇, 이놈의 더러운 세상. 가진 것도 없고, 차라리 도적 떼에나 들어가야겠다."

"농사를 지어 봐야 매번 세금을 내면 우리 먹을 것도 없는데, 식구들을 위해서 도둑질이라도 해야 되겠군."

주민들이 기꺼이 도적 떼에 합류했다.

기사들과 병사들조차도 귀족과 영주의 횡포가 심해지면 통째로 도적 떼로 들어오게 된다. 토벌하러 보낸 군대가 스타이너의 카리스마와 지휘력에 압도되어 도적 떼에 흡수되는 경우도 없지 않은 것이다.

하벤 제국에서 도적 떼가 전염병처럼 크게 창궐했다.

산마다 무리 지어 생겨난 도적들은 급속도로 세력을 불리는 반면에, 주변 영지들은 인구가 감소하면서 몰락해 갔다.

교역로가 끊어지고 기술자가 감소하며 농지가 황폐화되었다.

대도둑 스타이너!

그를 따르는 성난 도적 떼가 하벤 제국의 영역 내에서 마구 퍼지고 있었다.

바드 마레이는 유쾌한 모험에 뛰어들어 신 나게 싸우고 악기를 연주하며 작곡을 한다. 주민들이 이야기하는 전설을 듣고, 때때로 엉뚱한 사건에 휘말리는 것도 즐거웠다.

정해진 집도, 가진 것도 없는 음유시인이지만 넓은 베르사 대륙에서 갈 곳이 없겠는가.

마레이가 밤하늘을 쳐다보았다.

"위드의 별이 요즘 들어 찬란한 빛을 뿌리고 있군."

바드와 학자의 특수 스킬, 천문!

특별한 사람들의 운명을 별을 통해 점칠 수가 있었다.

셀 수 없을 정도로 무수히 많은 밤하늘의 별들을 지정해 놓으면 그들이 처한 상황에 따라 다르게 빛난다.

목숨을 잃었거나 나쁜 일이 있으면 붉은 홍조가 나타나며, 아무 특별한 일도 없이 평범하게 지내고 있으면 점점 그 빛이 희미해진다.

위드의 별은 밤하늘에 유난히 광채를 뿌리고 있었다.

마레이가 베르사 대륙을 여행하며 밤하늘의 별들로 지정해 놓은 유저는 총 364명.

그중에서도 위드의 별은 단연 독보적으로 빛났다.

"저렇게 휘황찬란한 빛을 뿌리다니……. 도대체 무슨 퀘스트를 하고 있는 것인지 모르겠군."

그의 발걸음이 중앙 대륙으로 향했다.

모든 세력을 상대로 전투를 하고 있는 헤르메스 길드를 구경하기 위해서였다.

과거의 베르사 대륙

위드는 집에 대한 남다른 애착을 갖고 있었다.

"여긴 수비하기에 좋은 지형은 아니야. 집도 조금 튼튼하게 보강을 해야 되겠군."

근처의 나무를 베어 와서 통나무집 주변에 목책을 둘렀다. 나무들을 밧줄로 단단히 묶고, 쉽게 넘지 못하도록 끝 부분은 아주 뾰족하게 잘라 낸다.

서윤은 땅을 파서 철 조각을 뿌려 놓은 함정을 만들었다.

"힘들지 않아?"

위드는 매번 그의 모험에 끼어들어서 위험한 고비들을 넘기면서 고생을 하는 그녀에게 미안한 마음도 있었다.

"아뇨. 재밌어요."

서윤은 의외로 이런 일을 재미있어했다.

그녀는 위드 덕분에 웃을 수 있게 되었고, 가슴속의 아픔도 눈물로 녹여냈다.

다른 건 모르지만 위드와 함께 있을 때에는 언제나 행복했다.

"옛날 알베론이라는 사제하고 빙룡이랑 북부에 갔을 때는 정말 즐거웠어요. 지골라스에 갔을 때도 좋았어요."

"……."

지독히 고생만 했던 장소들을 아름다운 추억으로 간직하고 있다니!

'게다가 다 나와 관련이 있는 사건들이군.'

사실 위드와 서윤이 베르사 대륙에서 모험을 하면서 안락했던 추억은 없었다. 관광지에서 맛있는 음식도 사 먹고 휴양을 즐겨 본 적은 더더욱 없다.

추운 북부에서 생고생, 절망의 평원을 건너가면서 고생, 지골라스에서 죽을 고생!

위드가 고생을 하니 가까이 있는 그녀도 피할 수가 없었다.

다행인 점은, 어려움을 매번 함께 극복해 왔다는 점!

둘이 나눈 시간만큼 대화를 길게 하지 않아도 서윤은 위드의 마음을 잘 알았다.

'오늘 번 돈이 얼마지? 시청률이 23.4%였으니까 광고 수익이…….'

'돈 생각하는구나.'

'요즘 이 아이템 시세가 비싼데. 5개나 얻었군.'

'돈 생각하는구나.'

'아, 다음 주가 도시가스 요금 고지서 나오는 날이야.'

'아마 돈 생각하겠지.'

그리고 반대로.

'위드 님은 얼굴도 잘생긴 것 같아. 처음에는 몰랐는데 갈수록 매력이 있어.'

'나를 째려보는 눈빛이 심상치 않군. 트집 잡히지 않도록 조심해야지.'

'예쁘고 귀엽다. 이걸 꼭 사냥해야 해?'

'단칼에 베려고 하는 걸까, 고통스럽게 잡으려고 하는 걸까.'

'인간과 비슷하게 생긴 몬스터와는 싸우고 싶지 않아. 그리고 아이를 키우고 있는 몬스터들도…….'

'싹 몰살시키려고!'

서윤에 대한 오해가 영영 풀릴 수는 없는 부분이, 그녀의 전투 방식 때문이었다.

위드와 같이 있으면 모든 전투에서 뒤로 빠지지 않고 최선을 다하여서 적들과 싸웠다. 그녀가 머뭇거리며 망설일 때마다 위드가 위험해질 수 있기 때문이었다.

서윤은 위드가 어려운 일을 겪는다면 기꺼이 도와줄 뿐만 아니라 스스로를 희생할 수 있었다. 위드가 살 수 있다면 대신 몬스터들과 싸우다가 죽는 것쯤이야 아무것도 아니다.

그런 비슷한 마음은 위드도 가졌다.

'라면을 2개 끓여서 좀 덜어 주고, 계란도 풀어 줄 수 있지.'

짠돌이인 위드였지만 서윤에게만큼은 계란 허용!

로열 로드에서도 사냥과 모험을 같이하고, 현실에서는 같은 학교를 다니며 이웃집에 산다.

무서운 정, 미운 정, 고마운 정까지 다 쌓여서, 막상 서윤이 떠난다면 심하게 허전할 것 같았다.

사실 조각사로서도 그녀를 표현하면서 아름다움에 대하여 고민했던 시간이 정말 길었으니까.

그렇게 위드와 서윤은 일을 하면서 통나무집 주변을 요새화시켰다.

밤이 되기까지 아무런 몬스터도 나타나지 않았기에 작업은 편하고 빠르게 진행될 수 있었다.

그리고 밤이 되었다.

아우우우우우!

늑대가 멀리서 울부짖는 소리가 들렸다.

"음, 가죽이 부드러우면 좋겠는데……."

입맛을 다시는 위드.

그리고 벌어진 참혹한 사건.

깽! 깨갱! 컹!

위드와 서윤에게 한낱 늑대들이 덤볐으니 그 결과는 이미 나와 있었다.

"고기와 가죽을 얻었군."

다음 날 아침, 차곡차곡 접혀서 한가득 쌓인 늑대의 가죽!

통나무집 요새화 작업은 계속 진행되었다.

"코르타델솔에는 무시무시한 몬스터들도 꽤 있다고 했지."

시기상으로 내륙에는 켈튼 왕국이 자리를 잡고 있을 때였다.

켈튼 왕국도 기사도를 숭상하는 군사 강국이기는 하지만, 역사서에 기록되어 있기로 이때는 전 대륙이 몬스터들로 몸살을 앓았던 시기다.

코르타델솔까지는 인간들이 진출도 하지 못하였을 때이므로, 자연 그대로의 모습이 간직되어 있는 최고의 해변이 유지되었다.

위드와 서윤은 몬스터의 틈바구니에서 해변가에서 살아가면 되는 것이다.

아름다운 해변에, 어여쁜 서윤까지 있으니 그 누구라도 부러워할 상황!

마치 가난한 부부가 신혼살림을 차리듯이 집을 하나하나 바꾸어 나갔다.

"근처의 돌덩어리들을 모아서 궁수탑도 세우고 땅에 강철 바늘도 뿌려 놔야지. 그리고 몬스터들을 통해서 고기는 충분히 얻을 수 있는데… 음."

집 근처 땅의 일부는 개간해서 상추도 심었다.

인간, 특히 위드의 적응력이란 과연 무서운 것!

다만 바다에서 대거 등장하는 해양 몬스터들은 어떻게 방지할 수도 없는 문젯거리였다. 하지만 육지로 올라오게 되면 활동력도 떨어지고 급속도로 약해지기 때문에 상대하기는 쉬운 편이다.

비가 많이 내리는 날에만 해양 몬스터들의 움직임이 활발해지기에 그런 날들은 해안가에서부터 전투를 치러야 했다.

로드릭 미궁에서의 난이도에 비한다면 누워서 떡 먹기가 아닌, 밤 12시 넘어서 야식 먹기 수준!

노들레와 힐데른의 뒤를 따라가야 하니 연계 퀘스트의 흐름상 아무래도 필요한 것 같았다.

"아무래도 지금 난이도가 쉬운 걸 보니 더 불안해. 다음에 뭐가 나오려고 이러는 건지 모르겠군."

단둘이 백사장에 있으면서 시간을 보내다 보니 마치 여행을 온 기분이었다.

배가 고프면 넓은 돌판에 생선을 구워 먹기도 하며 느긋하게 시간을 보냈다.

◊

 열흘이 지나고, 몬스터의 수준은 나날이 올라갔지만 통나무집의 요새화도 무서운 속도로 진행되고 있었다.
 위드는 대장장이 스킬을 이용하여 해변에 쇠못을 잔뜩 뿌려 놓았다.
 아름다운 모래사장이 누구도 들어가지 못할 정도로 온통 함정투성이로 변했다. 바다에서부터 기어 나오는 해양 몬스터들은 커다란 피해를 입어야 했다.
 "이걸로도 조금은 모자라."
 위드는 대낮에는 이 주변에서 쓸 만한 돌들은 몽땅 통나무집 주변으로 가지고 왔다. 조각사의 능력을 발휘하여 돌을 쪼개서 연결하는 방식으로 성벽을 쌓아 올렸다.
 20일이 지났을 무렵에는 가까운 곳에서 철 광맥이 흐르는 곳도 찾아냈다.
 중급 채광 스킬 덕분이었다.
 "철이 많이 모자라던 참에 잘되었군."
 깡깡깡!
 철광석을 캐내서 녹인 후에 통나무집을 뒤덮었다.
 코르타델솔의 해변과 숲에 잘 어울리던 통나무집은 바야흐로 성벽과 철골구조물을 가진 요새가 되어 버렸다.
 "사형 집행자의 검!"

몬스터들 사이에서 싸우는 서윤의 광전사로서의 능력도 여지없이 발휘되었다.

슬로어의 결혼반지가 있기에 그녀가 위험에 처하면 위드의 생명력을 나누어 가졌다.

위드는 철골 통나무집의 지붕에서 원거리 공격 스킬인 광휘의 검술과 하이 엘프의 활로 지원을 해 주면서 한 달간의 수비에 무난히 성공!

"역시 로드릭 던전에서 무리를 안 해서 편하군."

로드릭 던전에서 조각품에 생명 부여 스킬을 마구 사용하여 극복했다면, 조각 생명체들을 데려오지 못한 지금은 크게 고생을 했을 게 틀림이 없다.

새로 조각 생명체를 만들어 내야 했거나, 아니면 힘겹게 버텨 내야 되었으리라.

위드의 전투 능력도 발군이었고, 로열 로드에서 가장 강한 축에 드는 서윤도 있었으니 무서울 것이 없었다.

띠링!

둘만의 보금자리 완료
노들레와 힐데른은 해변가에서 행복한 시간을 보냈다.
그렇지만 그들이 머무르던 보금자리는 오래가지 못했다.

-퀘스트의 보상으로 생명력의 최대치가 2,000 올랐습니다.

"퀘스트는 비교적 쉽게 마쳤는데 그다음이 왠지 불길한 내용이군."

생명력의 최대치가 늘어난 건 나름 짭짤한 소득이었다. 위드처럼 방어 능력이 좋다면 그만큼의 생명력으로도 더 적극적으로 싸울 수 있다.

그러나 역시 괜히 불안했던 것이 아닌 듯, 퀘스트 완료를 알리는 메시지 창이 사라지자마자 저 멀리 지평선에서 나타나기 시작한 바다신의 함대!

무려 50척이 넘는 대함대였다.

그들이 힐데른을 데려가기 위하여 육지로 다가오고 있었다.

"이번엔 설마 저것들과 싸우라는 말은 아니겠지."

돛이 32개 이상씩 달린 대형 범선들!

아마 탑재되어 있는 대포들은 그보다도 훨씬 많으리라.

띠링!

안식처를 찾아서
노들레는 힐데른을 데려가려는 바다신의 함대를 보고 안전한 곳으로 피하기로 했다.
그가 선택한 장소는 포르투 왕국의 보덴 마을!
대륙을 가로질러서 그곳까지 이동하라.
바다신의 신도들이 상륙하여 추격해 옴.
난이도 : 조각술 최후의 비기 퀘스트
퀘스트 제한 : 사망했을 시에는 퀘스트 실패.
　　　　　　　동료가 사망 시에도 퀘스트 실패.

이번에는 서윤을 데리고 과거의 베르사 대륙을 횡단하는 내용!

"포르투 왕국의 보덴 마을이 어딘지는 모르겠는데."

위드가 베르사 대륙의 지리에 밝다고는 해도 과거의 지명까지 알고 있는 것은 아니었다.

모험가 퀘스트 중에서 과거의 지명들이 드물게 나오기는 하지만, 일부러 기억하고 있는 사람은 거의 없었다. 하지만 별로 큰 문제가 되지 않는 게, 과거의 역사란 훗날 찾으려고 하면 어렵지만 그 당시에 사는 사람들에게는 간단한 일이다.

"도시로 가서 지도라도 한 장 사면 되겠지. 돈이 조금 들겠지만 가격을 후려치면 될 거야. 그리고 여행용품의 물가가 비싸지는 않겠지. 기왕이면 사냥터 쪽을 지나가면서 레벨도 올려야지."

위드가 퀘스트에 들어갈 비용을 추산하고 있을 때 서윤이 말했다.

"그보다, 저들이 상륙하기 전에 떠나야 할 것 같지 않아요?"

"가야지."

급박한 도주 상황에서도 돈 계산이 먼저인 위드의 본능!

두 사람은 통나무집으로 가서 물품들을 챙겼다.

그동안 이곳에서 사냥을 하며 얻은 가죽과 잡템을 비롯한 전리품들도 빠뜨리지 않았다.

서윤이 바뀐 점이라면, 예전에는 아무리 귀한 아이템이 있

어도 자신이 쓸 물건이 아니라면 줍지 않았다. 하지만 이제 동전이 나오더라도 반드시 주웠다.

"켈튼 왕국의 돈이 골동품 가치가 있을까요?"

"가져가서 팔아 보면 알겠지. 몇 개나 챙겼어?"

"430개 조금 넘어요."

"많군. 무거울 텐데. 300개는 나를 줘도 되겠어."

"100개만 줄게요."

"내가 잠깐 보관했다가 원래의 대륙으로 돌아가면 다시 줄 거야."

"누렁이한테 집 사 준다고 하면서 챙겼던 것처럼요?"

"…100개만 받을게."

쪼잔한 행복을 누리는 법도 알게 된 그녀!

그사이에 바다신의 신도들은 해안가에서 작은 배로 갈아타고 상륙하고 있었다.

배에서 말도 내리고 있는 걸 보아 추격 속도가 아주 **빠**를 것 같았다.

스릉!

서윤이 검을 뽑아 들었다.

저들이 쫓아온다면 몽땅 베어 버리면서 도주를 해야 한다.

"굳이 어려운 길을 갈 필요 없지. 내 등에 업혀!"

"저 무거운데……."

"괜찮아. 무게가 나가 봐야 얼마나 나가겠어. 허윽!"

과거의 베르사 대륙

서윤의 무게는 장난이 아니었다. 그녀가 착용하고 있는 갑옷과 짐까지도 다 무게에 포함이 된 것이다.
"어쨌든 가 보는 수밖에. 네발 뛰기!"
폼 나게 업고 그냥 달려가면 좋을 테지만, 더 빨리 갈 수 있는 이동 스킬이 있는 이상 써 줘야 했다.

로이스 성!
켈튼 왕국에서 수도 다음으로 발달한 대도시에 위드와 서윤이 도착했다.
성과 도시의 건물들은 붉은 벽돌로 지어져서 고풍스러운 멋을 잔뜩 드러냈다.
띠링!

전쟁의 시대 켈튼 왕국의 건물 양식들을 감상하셨습니다.
조각사로서, 그리고 아르펜 왕국의 국왕으로서 다스리고 있는 마을과 성, 지역 등에 켈튼 왕국의 특색 있는 건물들을 지을 수 있습니다.
전쟁의 시대 건물들은 효율적이고 수비에 유리하도록 튼튼하게 지어졌습니다. 하지만 유명한 건축가들이 활동하며 아름다움에 대한 새로운 인식을 확산시키던 시기로, 왕권과 종교에 관련된 시설들은 대단한 웅장함을 자랑하였습니다.
파괴되어 전해지지는 않고 있지만 이 시대에 존재했던 베친 누오보

왕성, 노르드 대성당과 베노아르 탑은 세계적인 건축물이었습니다.
특수 건물들을 건설할 수 있습니다.

병사 훈련장

건축 비용 최소 2만 골드~최대 150만 골드.
막 징집한 병사들에게 기초적인 훈련을 시키는 장소입니다.
훈련장의 시설이 좋을수록 병사들의 전투 스킬 전수 속도를 빠르게 하며 훈련도를 높일 수 있습니다.
빠르게 행군하는 법을 가르칠 수 있습니다.
특수 효과 : 병사들의 징집률을 높임.
　　　　　　 검술 스킬이 초급 5단계까지 빠르게 전수됨.

높고 단단한 성벽

건축 비용 최소 30만 골드.
이 성벽은 몬스터들을 막기 위해서가 아니라 공성 병기에 버티기 위하여 개발되었습니다.
매우 무겁고 비용이 많이 듭니다. 건축 기간이 오래 걸리며 튼튼한 지반에만 설치할 수 있다는 단점을 가졌지만, 이 성벽이 있다면 외부로부터의 침입에 대해서는 훨씬 안심할 수 있을 것입니다.
특수 효과 : 적의 군대에 포위되어도 주민들의 동요가 적음.
　　　　　　 성벽이 파괴되기 전까지 병사들의 사기가 높게 유지됨.

위드에게는 그저 돈 잡아먹는 건축물들일 뿐!

"어쨌든 도시 안으로 들어가 보자."

"네, 그래요."

네발 뛰기로 말이 쫓아오기 어려운 숲과 산을 지나오면서 바다신의 세력은 약간 따돌리고 난 후였다.

조금의 여유는 있었기에, 지도나 다른 필요한 물품들도 구입할 겸 도시를 구경하기로 했다.

"쌉니다, 싸요!"

"필요한 물건들이 있으면 와서 보시고 가세요!"

상인들은 물건을 팔고 있었고, 가게들도 모두 문을 열었다.

이곳의 주민들은 모두 NPC들.

로이스 성만이 아니라 대륙 전체가 마찬가지였다.

위드와 서윤만이 이 세계에서 유일한 유저로서 돌아다니는 것이었다.

"도망치는 처지에 들고 다니기 무거우니 쓸모없는 물건부터 처분을 하자."

"그래요."

위드는 가격을 잘 쳐줄 것 같은 상인을 찾아야 했다.

'적당히 배가 나오고 인심이 좋을 것 같은 사람으로…….'

전속 상인 마판이 없다는 점이 이럴 때는 조금 아쉬웠다.

유저가 아닌 NPC에게 물건을 판매한다면 직업이 상인이 아닌 이상 제값을 받긴 어렵다.

위드는 물건이 깔끔하게 정리되어 있는 좌판의 상인에게

가서 흥정을 걸었다.

"해산물과 담비의 가죽이 꽤 많군. 이건 사냥하기가 상당히 어려웠을 텐데……. 이만한 물량을 본 것도 정말 오랜만이야. 다른 것들까지 다 해서 1만 4,850골드 쳐주지. 어떤가."

적어도 2만 골드는 받을 수 있으리라고 보았는데 의외로 낮은 가격!

"그래도 조금이라도 더 비싸게 사 주시면 안 될까요? 다른 곳에 가지 않고 일부러 여기에 왔는데."

"다른 상점으로 가 보게나. 불쌍해 보여서 사 주려고 했더니 뻔뻔하게 구는군."

과거로 돌아온 이상 이곳에서는 위드의 명성이 전혀 먹혀들지 않았다.

"참 인상도 좋으십니다. 가난한 여행자를 돕는 셈치고 150골드만 더 채워 주시면……."

"안 팔려면 가져가!"

완벽한 문전 박대!

위드는 두 곳에서 견적을 더 내 봤지만 그보다 더 준다는 상점이 없어서 어쩔 수 없이 사정하며 팔아야 했다.

길을 가다 보면 약초를 줍게 되고 몬스터도 사냥하다 보면 짐은 계속 늘어나기만 한다. 무게를 줄이기 위해서는 부득이한 선택이었다.

물론 바다신의 추격자들만 따라오지 않는다면 상업으로도

대박을 칠 수 있었다.

　도시나 귀족들은 특정 특산품이나 보물을 바라는 경우가 있다. 이런 경우에 필요한 물품을 조달해 주면 상업 경험치와 명성, 아울러 돈을 듬뿍 얻을 수가 있다.

　다른 상인 유저들과 경쟁할 필요가 없기 때문에 유리한 측면이 아주 많았다.

　서윤도 상인과 흥정을 했다. 그녀는 아이템에 욕심을 내지 않았기에 물량은 위드보다 조금 적었다.

　"담비 가죽이 많지는 않군요. 요즘 들어 귀족들에게 각광받고 있는 상품인데. 이렇게 아름다우신 분이 가져오셨으니 정직하게 1만 6,300골드에 사겠습니다."

　위드보다도 높은 가격이었다.

　이곳에는 유저들이 없고 NPC만 있기 때문에 서윤은 평소에 쓰고 다니던 가면을 벗어 버리고 편하게 있었다.

　매력 스탯을 올리지 않았지만 그럼에도 그녀의 타고난 미모에 호의적인 반응을 보이지 않는 사람이 없었다.

　스탯과 스킬이 아닌 기본적인 외모로 보여 줄 수 있는 최대치의 호감 표시였다.

　서윤이 만약 매력 스탯을 조금만 올렸더라면, 상인들은 아마 그녀가 부르는 값에 그냥 물건을 샀을지도 모른다.

　물론 화령의 경우에는 여행을 하면서 국왕이나 고위 귀족 NPC들의 청혼까지 받을 정도였다.

서윤은 흥정에는 익숙하지 않았지만 위드를 통해 배운 게 있어서 말했다.

"그래도 1만 7,000골드는 채워 주시면 안 될까요?"

"아, 제가 너무 무례했습니다. 솔직히 염치도 없이 너무 크게 이윤을 붙이려고 했죠. 상인으로서 양심도 지키지 못했군요. 다음에 또 찾아와 달라는 의미로 1만 7,700골드에 구입하겠습니다."

"……."

위드는 별다른 말은 하지 않았다.

세상은 원래 불공평한 법이니까!

학생들은 시험 성적을 올리기 위해 밤낮없이 공부를 하지만, 맨날 노는 머리 좋은 아이들이 성적은 오히려 더 좋은 경우가 있다. 나중에 취업할 시기가 되면 연봉 100~200만 원에 벌벌 떨지만, 부잣집 아들은 초등학교를 다니면서 수십억도 상속을 받는다.

'돈 많고, 머리 똑똑하고, 예쁘고, 요즘 봐서는 성격도 착한 것 같군.'

정말 너무나도 억울한 세상.

심지어 그녀는 로열 로드에서의 전투 능력까지도 뛰어났다.

그러나 서윤에게도 단점이 있기에 약간의 위안은 되었다.

"정말 치명적인 단점이지. 감자탕과 선지 해장국, 돼지 곱창을 못 먹는다니. 그게 얼마나 맛있는 건데……."

"네?"

"아냐, 됐어. 불쌍하니까 봐줄게."

위드는 시장에서 대륙 지도와 포르투 왕국 지도를 한 장씩 샀다.

포르투 왕국은 중앙 대륙에서 심하게 서쪽에 치우쳐 있었는데, 도시가 몇 개 안 될 정도로 작은 나라였다.

"포르투 왕국까지는 북쪽의 산맥을 통하는 길이 4개, 남쪽 황무지를 지나서 돌아갈 수 있고……. 아니면 지금 켈튼 왕국과 전쟁 중이라는 마폰 왕국의 국경을 넘어가는 쪽이 지름길인데."

켈튼 왕국의 주민들은 한창 마폰 왕국과의 전쟁에 대한 이야기를 하고 있었다. 그 점도 참고를 하여 이동 경로를 정해야 한다.

"어느 쪽이 낫겠어?"

"산맥은 몬스터들이 많다고 해요. 길도 까다롭고, 넘어가는 데 시간이 오래 걸리겠죠. 황무지는 추격자들이 금방 따라올 것 같아요."

"국경을 넘는 건 전쟁에 휘말릴 가능성이 높을 거야. 과거 영웅의 탑이란 곳에서 경험해 봤는데, 마폰 왕국은 상당히 무서워. 그리고 다른 이종족들도 전쟁에 끼어 있을 테니 여기로 간다면 전쟁에 휘말릴 각오를 해야 되겠지."

위드와 서윤은 심사숙고해서 판단을 내려야 했다.

몬스터와 험한 길, 추격자들의 습격, 전쟁터!

어쨌든 어느 쪽을 택하든 위험을 완벽히 피해 갈 수는 없다.

"어떤 길이라도 쉽지 않을 것 같아요. 더 나은 방향으로 결정하기에는 정보도 부족하구요."

"보통 때라면 아마 산맥을 넘어갔을 것 같군. 빙 돌아가는 험한 길이기는 하지만 몬스터를 상대하는 편이 익숙하니까. 하지만 지금은 바로 서쪽으로 가자."

"…이유는요?"

"맨날 재수가 없었으니 이번에는 오히려 거꾸로 선택을 해 본 거야. 이른바 역발상이라고 할까."

위드와 서윤은 도시에서 말도 구입했다.

전쟁터를 가로지르면 마폰 왕국을 지나서 포르투 왕국으로 금방 갈 수가 있었다.

위드의 모험을 보면서 유병준의 생각도 한쪽으로 기울어 가고 있었다.

그가 평생을 들여서 구축해 놓은 로열 로드의 세계에서 위드 좋은 일만 하고 있다는!

"저렇게 예쁜 여자와 모험을 하다니… 전에 그 댄서도 그렇고, 여자 복도 많은 놈이군."

전쟁의 신이 되기보다도 더 어려운 일.

게다가 서윤의 표정이나 말투, 사소한 행동들은 그저 위드와 함께 있기만 해도 행복해한다는 사실을 알려 주고 있었다.

현실의 베르사 대륙은 하벤 제국과 다른 왕국들이 맞붙어 싸우면서 대대적인 전쟁의 연속이다.

하벤 제국이 기습적으로 전쟁을 개시하면서 초반은 잠깐 유리하였지만, 다른 길드들도 연합군을 결정하여 체계적으로 버티고 있다. 오히려 절박함은 그들 쪽이 훨씬 강했기에 기꺼이 용병들을 고용했고, 병사들의 징집도 계속했다.

하벤 제국을 막아 내지 못하면 끝이라는 생각으로 처절한 전투를 벌이고 있었다.

그런데 위드는 서윤과 같이 그들을 위하여 만들어진 베르사 대륙의 시간대에서 낭만적인 모험을 할 수가 있다니, 이보다 더한 행운이 어디에 있겠는가.

"그렇더라도 조각술 최후의 비기를 획득할 확률은 적겠지."

–성공 확률 계산을 시작할까요?

"아니야."

유병준은 인공지능을 통해 가능성을 알아보지 않고 그냥 지켜보기로 했다.

위드가 과연 첩첩산중이라고 할 수 있는 이 퀘스트를 깰 수 있을 것인지.

"이번 전투도 승리했군."

바드레이는 말을 탄 채로 루베 요새에 하벤 제국의 깃발이 걸리는 것을 보았다.

그가 거느리고 있는 하벤 제국의 주력 군단은 블랙소드 용병단과 치열한 공방전을 벌였다. 하지만 끝내 적들을 물리치고 영토를 점령한 쪽은 하벤 제국 측이었다.

강력한 마법사 부대와 궁수 부대의 선제공격!

그 후에는 바드레이와 4개의 제국 기사단이 돌격하여 밀집해 있는 적들을 교란한다.

보병대까지 전진하게 되면 적들은 지리멸렬. 버텨 내지를 못했다.

하벤 제국을 상대로 평원의 대회전을 벌이는 건 조금의 승산도 없는 무모한 짓이었다.

헤르메스 길드에서는 대륙에서 최고의 실력을 갖춘 유저들도 지금까지 적극 영입을 해 놓았기에 고레벨 유저들끼리의 전투에서 싸움이 안 되었다.

전 대륙과 싸울 수 있을 정도로 그들의 저력은 막강했다.

"피해 상황은 전사 1만 4,873명, 부상자는 3만 명가량입니다."

NPC 병사들을 총지휘하는 기사 라모스가 와서 보고를

했다.

 블랙소드 용병단 역시 뛰어난 용병들이 많았기에 헤르메스 측의 피해도 어마어마한 수준이었다.

 대륙 전체를 관할하는 프로암 연합 용병 길드도 블랙소드 용병단에 협력을 하고 있었기에 만만치 않은 적이다.

 단장 미헬도 로열 로드에서 5위 안에 드는 랭커!

 바드레이가 가장 막강한 전력을 이끌고 직접 출정한 이유가 있었다.

 하지만 둘이 맞붙는 상황은 쉽게 벌어지지 않았는데, 서로가 꺼리기 때문이었다.

 바드레이는 스스로가 로열 로드에서 가장 강하다고 자부했다. 그렇지만 전쟁에서는 어떤 일이 벌어질지 누구도 모른다.

 블랙소드 용병단 여러 명에게 포위가 되거나 그들의 지원이 있다면, 바드레이라고 할지라도 목숨을 잃을 수가 있다.

 어떤 이유더라도 무신 바드레이가 죽고 나면 하벤 제국의 대륙 정복 계획에도 중대한 차질이 생긴다. 전쟁에 참여하지 않은 길드들이 더 단단히 결집하고, 반격을 당하는 계기가 되리라.

 미헬도 아직까지 위험한 도박을 벌일 시기는 아니다.

 바드레이가 매우 탐나는 적수이기는 하지만, 일대일 승부로는 그리 자신이 없다.

단체로 협공을 가해야 할 텐데, 헤르메스 길드의 친위대가 보통이 아닐뿐더러 여간해서는 기회를 잡기도 어려웠다.

또한 한차례의 전투를 이긴다고 할지라도 그걸로 전황이 완전히 뒤집히지 않는데, 패할 가능성은 훨씬 높다.

블랙소드 용병단은 마센 왕국과 노튼 왕국에 퍼져 있는데, 적들을 더욱 깊이 끌어들이며 반전을 노렸다.

그때를 위하여 다시 접속할 수 있는 유저들이 주목표가 아닌, 징집하고 훈련시킨 NPC들부터 차례차례 소모시킨다.

이 계획은 대헤르메스 길드 연합군 전체가 마찬가지였다.

그들은 이번 작전명을 사자 사냥으로 부르기로 했다.

라페이와 참모부에서는 방대한 하벤 제국의 영토를 관리하며 병참과 병력 훈련, 신규 부대 편성, 전선 지원 등의 모든 일을 해내야 했다. 많은 일을 하다 보면 작은 부분들에서 실수가 생기기 마련이지만, 어느 하나 중요하지 않은 것이 없다.

"남부 전선은?"

"베이몽드 고원을 지나고 있습니다. 현재 모래바람이 심한데… 기상 악화로 인해 지체되는 중입니다."

"적들이 모래바람을 이용할지도 모른다. 3군과 5군 쪽에

알리도록."

"전달하겠습니다."

"브리튼 연합 점령 부대 쪽으로 전투마 지원을 3,000필 정도 늘리도록. 고착된 전선을 부수려면 기마병들의 활약이 더 필요할 것 같다."

"재고는 충분하지만 이동하는 데 나흘 이상이 걸릴 것 같습니다."

"아이데른 왕국의 기마 부대라도 먼저 움직이도록 해. 브리튼 연합을 빨리 정리하고 그 전력으로 다른 쪽을 돕는 편이 낫다."

라페이와 참모부에서는 전쟁 전체를 관할하였다.

각 군단마다 총사령관들이 있지만, 실제로는 하벤 제국의 수도 아렌 성에서 모든 계획들이 입안되고 실행에 옮겨진다.

하벤 제국이 커 갈수록 황궁에 있는 라페이에게 권력의 쏠림 현상이 일어났다.

철저한 계획을 세우고 장기간에 거쳐서 이를 추진하는 라페이에 의하여 하벤 제국도 끊임없이 확장되어 가고 있다.

황궁 건설과 전쟁으로 인하여 내정은 악화되고 있었지만 그 여파를 최소화하는 부분에 있어서도 탁월한 능력을 발휘하였다.

"사자 사냥이라. 후후후."

라페이는 연합군 전체의 전략을 손바닥 들여다보듯이 알

고 있었다.

미리 투입해 놓은 스파이들의 활약!

심지어는 그들의 비밀 동맹 길드가 연합군 내에 속해 있기도 했다.

"사자에게 야금야금 빼앗기다가 잡아먹히게 되겠지."

대헤르메스 길드 연합군의 전술을 이미 꿰뚫고 있는 이상 상대하기는 더욱 편하다.

지역 점령을 계속해 나가다 보면 언젠가 모든 전력을 투입한 대승부를 벌일 수밖에 없는데, 그때가 되면 완전한 굴복을 받아 낼 수 있으리라.

"북부로 원정군을 파견한 것도 도움이 되었고 말이야."

라페이는 심중의 모든 생각을 길드원들에게 알리지는 않았다.

괘씸한 위드를 단죄하고 아르펜 왕국을 파괴하기 위하여 원정군을 조직하여 북부로 보낸 것으로 알려져 있지만, 사실은 그렇지 않다.

물론 위드를 죽이고 아르펜 왕국을 파괴해 버린다면 그것으로도 좋겠지만, 실패하더라도 상관은 없는 병력.

승리밖에 모르던 하벤 제국의 막강한 병력이 북부로 가서 전멸하였다. 이건 연합군 측에는 대단한 용기를 주는 일이며, 하벤 제국을 얕보게 하는 사건이었다.

그들끼리 뭉치면 이겨 낼 수 있을 거란 헛된 기대를 심어 주게 한다.

 하지만 정작 중앙 대륙의 막강한 하벤 제국의 군대는 오로지 철저히 승리할 뿐이다.

 직접 상대해 보면 연전연패를 하지만, 그럼에도 하벤 제국 북부 원정군의 처참한 전멸을 보며 이길 수 있다는 환상을 갖는다.

 그리하여 사자 사냥이란 극적 반전을 노리는 전술을 들고 나왔다.

 라페이는 북부 원정군의 성공과 실패, 그 어느 쪽이더라도 이득을 얻는 작전을 실행하였던 것이다.

 연합군에서 최후의 일전을 전 대륙에서 개시하였을 때 처참히 짓밟아 주면 정복 사업은 손쉽게 성공이다.

 물론 연합군의 대비 태세에 대하여는 완벽히 알고 있기 때문에, 하벤 제국의 병력도 차질 없이 배치되고 있었다.

 라페이가 헤르메스 길드의 두뇌를 맡아 숱한 전쟁을 일으키며 쌓은 경험이 얼마나 무서운 것인지 그들은 알게 되리라.

 "그런데 하필 이럴 때에 도적 떼가 날뛰다니 곤란하군."

 칼라모르 왕국, 라살 왕국, 브리튼 연합 왕국에서 저항군들의 소소한 활동은 계속되었다.

 치안이 악화되면서 도적 떼가 산간 지역을 장악해 나가고 있었는데, 이로 인한 피해가 의외로 컸다. 전쟁터보다는 하벤 제국의 영토 통치가 오히려 골치가 아파 올 정도였다.

국경에서 싸우는 군대를 되돌릴 수는 없었으며, 수도와 중요 도시들을 지키는 예비병들을 고작해야 도적 떼를 쫓아다니는 데 투입할 수도 없는 일.

변방에서는 포교 활동을 위해 엠비뉴 교단의 종교재판관들도 돌아다녔다.

거대한 하벤 제국이지만 속에서부터 곪기 시작하면 되돌리기가 어려워진다는 점을 라페이는 잘 알았다.

"어쩔 수 없어. 여기에 쓰기에는 아까운 병력이지만… 암살단을 투입한다."

하벤 제국 내에서도 크고 작은 사건들이 계속 벌어진다.

라페이는 이를 관리하는 것은 물론이고, 거대한 병력을 수족처럼 다루며 전 대륙을 손아귀에 넣기 위한 움직임을 착착 진행했다.

마폰 왕국과 켈튼 왕국의 전쟁터를 본 위드의 입에서 신음이 절로 비어져 나왔다.

"으음, 도저히 피해 갈 수가 없겠군."

10만 이상의 대군이 맞부딪치는 전면전!

보병들과 기병들 그리고 마법 부대들까지 총공격을 감행하고 있었다.

"여길 지나가지 않으면 멀리 빙 돌아가야 하는데. 그러자면 기껏 지름길로 온 의미가 없고."

바다신의 세력이 1~2시간 거리까지 바짝 추격해 오고 있다. 그렇기에 전쟁이 끝날 때까지 기다리거나 다른 곳으로 빙 돌아간다면, 지금 와서는 이 길이 최악의 선택이 되어 버린다.

"강행 돌파하는 수밖에는 없겠지. 그나마 다행이라면, 그때는 레미 공주가 있었다면 지금은 손이 덜 갈 테니까."

영웅의 탑 퀘스트를 실패했던 이유로는 레미 공주를 놔두고 혼자 전투에 빠져 버렸기 때문이다.

서윤이라면 그렇게 일일이 챙겨 주지 않아도 된다.

스릉!

서윤이 매끄럽게 검을 뽑았다.

전투를 보면 자연스럽게 검을 뽑는 광전사!

오히려 그녀가 위드를 지켜 줄 수도 있었다.

"준비는 됐지?"

"됐어요."

서윤은 활기차게 대답했다.

위드와 함께라면 어떤 전장이라도 가로지를 수 있다.

어차피 지금의 이 순간들이 훗날에는 즐거운 추억으로 간직될 테니까.

"가자!"

큰 소리로 외쳤지만, 위드는 움직이지 않았다. 그러다가 서윤이 먼저 말을 타고 달려가니 슬그머니 뒤를 따랐다.

전장에서 발휘되는 여성 우대 정신!

"뒤는 내가 지켜 줄게!"

"앞을 그대로 뚫고 지나갈게요. 계속 제 뒤를 따라오세요."

서윤의 검에는 벌써 붉은 기운이 넘실거렸다.

"광기의 자해!"

스킬을 시전함에 따라 그녀의 생명력이 저절로 줄어든다.

큰 전투에 참여할수록 알아서 강해지는 광전사의 특성도 발휘되었다.

서윤이 검을 휘둘렀다.

"미친 전사의 춤!"

쿠콰콰콰광!

그녀의 앞을 막고 있던 병사들이 폭발과 함께 나가떨어졌다. 처음부터 수비 없이 오로지 공격만 하는 광검 스킬을 시전한 것이다.

"광휘의 검술!"

위드도 처음부터 전력으로 검술의 비기를 사용했다.

벼락을 마구 일으키는 천둥새가 공중으로 날아오르더니 켈튼 왕국군의 한복판으로 날아갔다. 마른하늘에 날벼락이란 말처럼, 수백 개의 벼락과 천둥이 일대로 내리꽂혔다.

전략적으로 마폰 왕국의 편에 서서 켈튼 왕국군을 처리하는 쪽이 유리하다. 그래야만 전선의 중심부를 돌파해서 마폰 왕국의 진영으로 들어갔을 때에 안전하기 때문이다.

"일단 무조건 많이 죽여. 공적을 쌓아야 마폰 왕국으로 넘어가면 대우를……."

마폰 왕국군의 귀족 기사가 서윤에게 다가오다가 공격을 받았다.

댕강!

그대로 두 동강이 나는 몸통!

서윤은 이미 대량 살상을 하며 광전사로서의 능력을 잔뜩 발휘하고 있었다.

전장에서 강력하기 짝이 없는 광전사에게 중대한 단점이 있다면, 그것은 적군과 아군을 구분하지 못하게 된다는 점이다.

광전사의 능력이 발휘될수록 주변의 모든 이들이 적처럼 보이고 소리도 이상하게 왜곡되어 들린다. 때때로는 무장하지 않은 어린아이들도 위험한 몬스터로 보이거나 해서, 살상을 한 후에 도덕심과 명예가 감소했다.

서윤은 그 정도의 상황까지는 아니었지만, 동료가 아닌 켈튼 왕국군과 마폰 왕국군을 구분하지는 못했다. 공격 일변도의 검을 쓰면서 다가오는 적들은 모두 날려 버리고 있었던 것이다.

"졸렬한 마폰 왕국의 하수인이다."

"더러운 켈튼 왕국의 앞잡이 놈들!"

위드와 서윤은 그대로 2개 왕국 전체의 표적이 되었다.

"그럼 그렇지. 이놈의 인생, 로또를 사서 내가 당첨된다면 틀림없이 꿈일 거야. 아침에 일어나면 보신이가 미친 듯이 짖고 있겠지."

위드는 불평을 하면서도 빠르게 적응했다.

서윤과 힘을 모은다면 이 전쟁터에서도 죽으라는 법은 없다. 무엇보다 마폰 왕국과 켈튼 왕국군은 그들끼리 치고받고 있는 중이라서 바빴다.

"오른쪽에 병력 사이로 길이 뚫려 있어. 그쪽으로 달려!"

위드와 서윤은 바싹 붙어서 말을 몰았다.

병사들은 베거나 그대로 짓밟고 지나가고, 적 기사들에게는 서윤이 검의 기운을 날렸다.

바로 옆에 있는 위드는 자신도 공격을 당하지 않을까 걱정했지만 그 정도의 이성은 남아 있었다.

"만약 제 눈이 완전히 검게 변하면 멀리 떨어지세요."

"응?"

"그때가 되면 몸을 조절할 수가 없게 돼요."

광전사의 또 다른 단점.

피를 너무 많이 봐서 완벽하게 미쳤을 때에는 전투력이 더 강해진다. 모든 잠재력까지 꺼내서 쓰기 때문에, 심하면 그 후로 한 달 이상 약해지는 후유증에 걸리기도 한다.

다만 그때에는 뜻대로 싸울 수가 없게 되고 광기에 몸을 맡기며 주변을 닥치는 대로 공격하게 된다.

"그런 부작용이 있다면 진작 말했어야 되지 않아?"

"그냥 형식적인 작은 부작용이에요."

"……."

서윤은 이제 위드에게 가벼운 농담도 했다.

결코 농담으로만 들을 수는 없는 게 위드의 처지지만!

연약한 레미 공주를 호위하며 전장을 돌파할 때와는 완전히 다른 싸움꾼 광전사를 데리고 지나가야 한다.

주변의 싸움이 클수록 광전사의 광기도 빠르게 커져 가는데, 그거야말로 매우 위험했다.

"정신 똑바로 차리고 긴장해. 우린 여기를 살아서 벗어나야 하니까."

"최선을 다할게요."

"너무 오래 싸워서는 안 돼. 최단기간에 전장을 벗어나서 안전한 곳까지 도망친다."

"명심할게요."

"옷, 저건 이제는 구하기 힘들다는 아다만티움 기사 부츠다. 거기 서라!"

위드의 눈도 사방으로 돌아갔다.

켈튼 왕국과 마폰 왕국이 맞부딪치는 이 전장에는 귀한 갑옷들을 착용하고 있는 기사들이 널려 있었다.

화염의 대재앙

위드의 입장에서 서로 싸우다가 낙마하거나 따로 고립된 기사를 발견하고도 그냥 놔두기에는 너무도 아깝다.

기사들의 레벨은 보통 300대 정도.

전쟁의 시대를 겪고 있는 켈튼 왕국과 마폰 왕국은 기사들의 수준이 높은 편이다.

훨씬 강한 왕실 기사들도 다수 참전해 있었지만 멀리 있는 탓에 위드와 서윤에게는 관여하지 못했다.

위드의 계획도 바뀌었다.

"마폰 왕국군을 건드린 이후이니 그냥 빠져나가면 기사단과 기병들이 계속 쫓아오겠지. 그럴 바에야 전투 공적이나 시원하게 세워야겠군."

위드는 말을 보병들이 방어선을 세운 장소로 거칠게 몰았다.

"몽땅 해치워 주마. 달빛 조각 검술!"

"크에엑!"

"강하다. 방패를 들고 막아."

"뚫렸다! 놈이 돌파했다!"

일반 병사들을 말 그대로 휩쓸어 버렸다.

마구 쓰러지는 병사들 위로 공격을 퍼붓고 통과했다.

그들이 회색빛으로 변하며 떨어뜨린 아이템도 철저히 수거!

그렇지만 전쟁터에서는 잠깐이라도 방심할 수가 없었다.

그들이 있는 주변으로 켈튼 왕국의 헤로스 기사단이 돌진해 오고 있었다.

"뒤를 조심해요!"

서윤의 목소리가 들리자마자 위드는 뒤를 돌아봤다.

헤로스 기사단이 마폰 왕국군을 헤치며 질풍처럼 돌격해 왔다.

"잘됐군. 아주 제대로야."

위드는 슬쩍 옆으로 빠졌다.

그들의 목표가 위드는 아니었을 테니 옆으로 비켜나 준 것이다.

"겁먹은 켈튼의 촌놈들에게 마폰 왕국의 위대함을 보여 주자."

"돌격하라. 돌격해!"

헤로스 기사단이 마폰 왕국군을 쳐부수면서 그를 지나쳤다.

위드는 말을 달리며 헤로스 기사단의 뒤를 쫓았다.

순수한 승마 스킬로는 따라갈 수가 없지만, 상대는 중장갑을 착용한 기사들이었다. 마폰 왕국군의 진영을 돌파하고 있었으니 돌격 속도 역시 많이 떨어진다.

그들의 뒤를 따르면서 생명력이 경각에 처한 마폰 왕국군이나 뒤처지는 헤로스 기사단을 야금야금 처리했다.

이거야말로 위드의 전매특허라고 할 수 있는, 빌붙어서 빨대 꽂기!

쿠와아아앙!

헤로스 기사단에는 마폰 왕국군의 마법 공격과 화살이 계속 작렬했다.

"적당히 먹을 만큼 먹었으니 빠져야지!"

위드는 헤로스 기사단을 벗어나서 이번엔 켈튼 왕국군의 궁수 부대를 휩쓸었다.

기사단의 뒤를 따르면서 그들이 주요 공격 대상이 되는 동안 안전하게 이동하여 궁수 부대로 접근할 수가 있었다.

헤로스 기사단은 곧 마폰 왕국의 중앙 기사단과 싸움이 붙었다.

서윤은 병사들과 기사들을 가리지 않고 마구 베어 넘기며 위드에게 다가왔다.

"어서 빠져나가야 돼요! 시간을 끌다 보면 지치고 적들의 집중 공격을 받게 될 거예요."

"내 생각도 그래!"

위드와 서윤은 이 넓은 전장에서 단둘뿐이었다.

그들에게는 휴식할 기회도 없었고 벗어나지 못하는 이상 끝없이 싸워야 했다.

"엉망이군!"

위드는 마폰 왕국 쪽으로 도주로를 살폈다.

하늘에는 수천 발 이상의 화살이 이쪽저쪽으로 교차하며 날아다니고 있었고, 병사들이 모여 있는 장소마다 마법이 작렬했다.

이곳이 전쟁터라는 점을 잊어버리려고 해도, 보이는 모든 장면들이 압도적이다.

양측을 합쳐 10만여 명의 적들이 전투를 벌이고 있었기에 비어 있는 공간을 찾을 수가 없었다.

그렇다고 단둘이 돌파하여 가기에는 중과부적!

더군다나 평원의 전투가 일찍 종료되고 나면 상황은 더 끔찍하리라.

마폰 왕국군에도 그리고 켈튼 왕국군에도 미운털이 박힌 위드와 서윤은 어느 쪽으로 가더라도 군대의 공격을 받게 되는 것이다.

"바다신께서 노하셨다!"

"제물을 회수해 와라."

그때 위드와 서윤이 나타났던 장소에서 바다신의 기병 세력도 출현!

그들도 곧 전장을 가로지르며 추격을 해 왔다.

기병 무리로 구성된 만큼 전쟁터가 아닌 어느 방향으로 갔더라도 결국은 그들에게 따라잡혔으리라.

"어쨌든 여기로 오길 잘한 것 같군. 이 전투가 시간을 끌어 줄 수 있을 거야. 살아서 나가기만 한다면 말이지."

서윤이 완전히 미치기 전에 무사히 빠져나가는 길만 남았다.

"가야 돼요!"

"조금만 기다려. 기병이나 기사단의 추격을 차단시켜야 하니까."

위드는 움직이지 않았다.

냉정하게 마폰 왕국군과 켈튼 왕국군의 움직임을 지켜보았다.

병사들과 기사들이 내뱉는 말과 행동에는 관심을 두지 않았다. 멀리 보며 전체적인 병력이 어떤 식으로 교차하고 싸우고 있는지를 세세하게 훑었다.

"이렇게 협소한 곳에 많은 병사들이 몰렸으니 빈틈이 있을 리가 없지. 빈틈을 만들어야 되겠어."

인간은 선하더라도 가끔씩은 상상을 초월하는 악한 생각을 한다. 하물며 위드라면 어떤 창의적인 악독한 계획도 실천으로 옮길 수 있는 사람이다.

르포이 평원에서 아르펜 왕국의 편을 들어서 싸워 주던 북부 유저들!

위드는 그들의 머리 위에도 대재앙의 자연 조각술을 써 보고 싶다는 충동이 들었었다. 당연히 아무런 이익도 없는 일이라 순간의 충동으로 지나쳐 버린 일이었지만, 지금은 굳이 망설일 필요가 없지 않은가.

"원래 불장난은 크게 할수록 좋은 거지."

불로부터 재산과 생명을 지켜 주는 소방관들이 들으면 기겁할 수밖에 없는 이야기를 하면서 조각품을 꺼냈다.

이날을 위하여 아껴 온 명작 조각품 화염의 대지!

"대재앙의 자연 조각술!"

―명작의 조각품입니다. 무시무시한 위력이 발휘되어 자신이 죽을 수도 있습니다. 그럼에도 스킬을 사용하시겠습니까?

자연과의 친화력도 비할 바 없이 높아졌기 때문에 당연히 굉장한 위력이 나올 것이다.

위드의 입가에, 배고픈 저녁에 몸보신을 향하던 잔혹한 미소가 맺혔다.

"사용한다."

-대재앙의 자연 조각술 스킬을 사용하셨습니다.
예술 스탯 20이 영구적으로 사라집니다.
생명력과 마나가 20,000씩 소모됩니다.
모든 스탯이 사흘간 일시적으로 15% 감소합니다.
자연과의 친화력이 떨어집니다.
대재앙의 자연 조각술은 하루에 한 번밖에 사용하지 못합니다.
위험한 재앙을 불러오게 되면, 그 피해에 따라서 명성이나 악명이 오를 수 있습니다.
재앙을 겪는 와중에 죽을 수도 있으니 주의하십시오.

-대재앙의 자연 조각술 스킬이 익숙해졌습니다.
두 가지의 대재앙을 동시에 일으킬 수 있습니다.
상호작용을 하는 대재앙이나, 성질이 다른 대재앙도 한꺼번에 일어나게 할 수 있을 것입니다.

호칭, 대재앙을 몰고 오는 사람을 획득하셨습니다.
신앙심이 60 감소합니다.
자연과의 친화력이 떨어집니다.

"역시 나쁜 짓은 금방 익숙해지는군!"

스킬이 발동될 때까지는 조금 시간이 걸린다. 그렇다고 넋을 놓고 있다가는 대재앙에 휩싸여서 목숨을 잃으리라.

"가자. 이제 무조건 정면을 뚫어."

"알겠어요!"

위드와 서윤은 전장을 이탈하기 위하여 미친 듯이 말을 몰았다.

"제법이로구나. 마폰 왕국의 기사 란테르가 너에게 도전한다."

"바쁘니까 다른 놈이나 알아봐."

"검을 다루는 자여, 전투 중에 등을 보이다니 명예도 모르는 것인가!"

"나한테 명예가 밥 먹여 줬던 적 없어!"

"켈튼의 기사여, 놈을 추격하라."

"이런 지긋지긋한 놈들."

기사들도 최소로 상대하고, 병사들의 공격은 약한 것이라면 그냥 몸으로 맞아 주면서 통과했다.

그들을 목표로 날아온 마법과 화살 들이 주변으로 떨어진다.

위드와 서윤은 오로지 빠져나가기 위하여 앞으로 내달릴 뿐이었다.

푸히히힝!

서윤의 말이 마법에 휘말려서 쓰러졌다.

"내 말에 타!"

"하지만… 그러면 저 때문에 속도가 느려질 거예요."

"상관없어."

"추격자들에게 붙잡히게 될 거예요."

"괜찮아. 네가 죽으면 나도 살아야 할 의미가 없잖아. 죽어도 같이 죽고 살아도 같이 살아서 이곳을 나갈 거야."

서윤의 가슴이 찡하게 울렸다.

위드는 수전노처럼 이해득실에 민감한 것 같지만 이렇게 불쑥 나오는 정이 가득 담겨 있는 말 한마디가 그녀의 마음을 따뜻하게 감동시켰다.

'언제, 어디에서라도 같이 있고 싶어. 정말 행복해.'

위드는 서윤을 뒤에 태운 채로 전장 너머를 향하여 계속 달렸다.

'어차피 나 혼자 살더라도 서윤이 죽으면 퀘스트는 실패니까.'

지금까지 대재앙에 제대로 휘말린 적은 없지만 그건 미리 준비를 철저히 해 왔기 때문이다.

전투에 휘말려서 마폰 왕국군과 켈튼 왕국군을 따돌리기 위하여 급하게 사용한 대재앙인 만큼 대비가 완전할 수는 없었다.

전쟁터에 갈대가 쑥쑥 자라났다.

말들이 움직일 때에 불편함을 주는 갈대들이 어느새 사람의 키만큼이나 성장을 했다. 그리고 바짝 메말랐다.

"아직 밖으로 나가지 못했는데 벌써 시작되다니."

위드는 서윤과 함께 갈대밭을 일직선으로 뚫고 내달렸다.

조각품을 직접 깎았고 대재앙 스킬을 사용한 장본인인 만큼, 어떻게 진행되는지는 잘 알았다.

불길을 몰고 온 거친 바람이 갈대밭을 타오르게 한다.
갈대들이 허공에 흩날리고 거대한 불을 일으키면서 표현되는 화염의 대지!
드디어 대재앙이 발동되었다.
"크아아아악!"
"엄청난 불이다!"
전투를 치르던 병사들이 아우성치는 소리가 들렸다.
위드는 앞으로 말을 모는 데에만 집중하며 뒤도 돌아보지 않았다.
그렇지만 등 뒤에서 태양이 이글거리는 듯한 뜨거움이 느껴졌을 뿐만 아니라 갈수록 더욱 심해졌다.
갑자기 병사들과 기사들이 너나 할 것 없이 싸우지 않고 도망치고 있었기에 두려움과 호기심은 오히려 더 강해졌다.
"저기 있잖아."
"네."
"지금 어떻게 되고 있는지 보여?"
그래도 직접 확인하고 싶지는 않아서 서윤에게 물었다.
"잘 보여요."
"어떤데?"
"음, 사방에서 바람이 불면서 갈대밭의 불꽃을 마구 키우고 있어요. 불길이 소용돌이치기도 하고… 멋지게 타올라요. 그리고 계속 커지면서 넘실거리며 퍼지고 있네요."

"병사들의 비명 소리가 아주 심한데."

"기사들과 병사들을 방금 뒤덮었어요. 곧 조용해질 것 같아요."

"……."

서윤의 냉정하고 정확한 설명을 듣고 있자니 오히려 더 오싹했다.

"이랴! 가자!"

위드는 말을 전력 질주시켰다.

말 역시 자신의 목숨이 경각에 달한 것을 안 듯이 앞으로 계속 달렸다. 하지만 등 뒤의 화염은 갈수록 무섭게 밀려왔다.

대재앙의 자연 조각술 중에서도 불은 예측하기가 어렵다.

또한 오래 지속된다기보다는 한순간에 모든 것들을 잿더미로 만들어 버리기에 위력이 더욱 강렬했다.

후르르르릇!

바람과 불길이 번져 나가는 소름 끼치는 소리!

갈대들이 공중에 날리면서, 땅에서만 불이 번져 오지 않았다. 하늘에서도 이어서 번져 나가는 불들이 평원의 모든 걸 집어삼켜 나갔다.

어쩌다 잠깐씩 화광이 크게 치솟으면서 멋진 모습을 보이기도 하였지만, 평온하게 이것을 감상할 수 있는 사람은 아무도 없었다.

'역시 불장난은 하는 게 아니었는데.'

위드는 밤늦은 시각에 배가 고파서 마지막 1개 남은 라면을 뜯었는데 수프가 없는 걸 봤을 때처럼 절망 어린 표정을 지었다.
"이건 피할 수 없겠어."
"제 생각도 그래요."
"그래도 최선을 다해서 어떤 시도라도……."
"이미 늦은 것 같아요."
그리고 화염이 무시무시한 속도로 그들을 뒤덮었다.

돌망치 길드.
아르펜 왕국의 건축가들이 결성한 대형 길드였다.
"페드소 님이 요즘 안 보이시던데 뭐 하고 계시지?"
"하수도 정비 분야에서 일하면서 모라타에 지하 수로를 뚫고 계시잖아."
"꼼꼼하게 잘하시겠네."
"하수도에 악어가 다닐 정도로 확실하게 뚫는다더라."
아르펜 왕국의 부가 쌓이면 건축가들은 도시들마다 기반 시설 개발 사업을 진행해 왔다. 판잣집에서부터 벽돌집까지, 왕국 내의 다리와 수로, 도로를 건축가들이 도맡았다.
그들에게는 현재 역점 사업으로 추진하고 있는 왕궁 건

설이 있었지만, 중요한 건축물들은 벌써 78% 이상 완료되었다.

조경이나 건물의 내외부 조각, 벽화와 천장화를 제작에도 시간이 걸리기 때문에 나머지 작업들은 차근차근 진행되어야 했다.

"끝까지 보고 가지 못해서 아쉽군."

"우리가 할 일이 많은데 놀고만 있을 수는 없잖은가."

"왕궁 건설을 하고 났는데 어지간한 일이 만족스러울까? 판잣집이나 짓기에는 심심할 것 같아."

"판잣집이야 막 건축을 시작한 사람들에게 넘겨줘야지. 항구 바르나 쪽에 위대한 건축물 세 채가 동시에 올라간다는데, 그쪽 일감을 하는 데 숙련된 건축가가 많이 필요한 모양이야."

"그쪽으로 가 봐야 되겠군."

건축가들은 다시 아르펜 왕국의 전역으로 흩어졌다.

건축가들에게는 예술가와 비슷한 숙명이 있었다.

'의뢰를 받아서 멋진 건물을 지어 주더라도 결국 내 것은 아니다.'

'언제까지 평생 남의 건축물만 지어 주면서 살아야 되나?'

제작 의뢰를 받아서 살아가는 화가, 조각사 들과 마찬가지였다.

의뢰의 보상금을 받는 대신에 결과물은 고스란히 바쳐야

한다.

위드는 그게 싫어서 재료를 주워서라도 자신이 직접 다 만들어 필요한 걸 충당했지만, 대부분의 생산·예술 계열들은 작품을 바치면서 의뢰를 완수하고 약간씩의 금전적인 보상을 얻어 냈다.

작품을 위해 무리한 욕심을 부리다 보면 비용을 초과하는 경우도 다반사로 생기고, 연이은 실패는 빈곤의 악순환도 이루어 냈다.

예술품 퀘스트를 세 번 정도 실패하면 명성의 급격한 하락으로 자신감까지 잃어버리게 된다.

창작을 끊임없이 성공하는 것만큼 어려운 건 없었다.

─ 예술가 직업은 초반의 노가다 외에는 답이 없다.
─ 죽을 각오가 되어 있다면 예술가에 도전하라. 단, 말 그대로 죽을 만큼 노가다를 해야 됨.

모라타의 건축가들은 스스로를 행운아라고 불렀다.
"북부로 오길 잘했지."
"여긴 천국이라니까."
아무것도 없는 만큼 그들의 손으로 직접 건설했다.
도시가 확장되어 갈수록, 유저들이 모여들수록 건축가의 수요 역시 폭발적으로 늘어난다.

도로와 수로, 다리, 항만 그리고 위대한 건축물까지 경험해 보고 나서도 건축가들은 여전히 아쉬웠다. 건축물들을 통해 그들의 이름이 많이 알려졌지만, 진정한 자신들의 소유물은 없는 것이다.

야심 많은 건축가들은 허허벌판에서 삽질을 시작했다.

"이 부근에는 유민들이 많이 돌아다녀. 강물도 도도하게 흐르고 있고 비옥한 땅도 있으니 도시가 세워질 수 있을 것 같은데."

성벽을 쌓고 안쪽에 주택과 곡물 창고, 여관 등을 건설하였다.

기본적인 시설들이 갖춰지면 지나가던 주민들이 거주하게 되었다.

띠링!

작은 촌락이 형성되었습니다.
리자드맨의 거주지와 가까워서 언제라도 침략을 당할 수 있습니다.
돌로 쌓은 성벽에 의존하여 불안한 평화가 계속되는 중입니다.
군사력 : 2   경제력 : 3
문화 : 369   기술력 : 1
도시 발전도 : 19
치안 : 64%
자경단조차 없습니다. 그러나 침략을 받으면 무의미한 저항이나마 시도할 것입니다.

뭔가를 해서 먹고살려고는 합니다. 아직 그 방법을 찾지는 못하였지만…….
아르펜 왕국의 발전된 문화를 보고 주민들의 눈만 높아져 있습니다.
주민들의 대부분은 별다른 기술력을 갖고 있지 않으며 밥만 축내는 수준입니다.

건축가는 주민들이 편안한 생활을 할 수 있도록 모든 어려운 일들을 감당해야 했다. 용병들을 고용하여 몬스터들의 습격도 막고, 주민들을 데리고 밖으로 나가서 인근의 땅도 개간했다.

그렇게 하여 인구가 100여 명 정도로 늘어나고 주택들이 증가하면 아르펜 왕국에서 마을로 인정을 했다.

띠링!

작은 마을이 형성되었습니다.
주변의 불안 요소이던 리자드맨 서식지가 지나가던 기사들에 의하여 퇴치되었습니다.
몇 번이나 몬스터를 막아 냈던 튼튼한 성벽도 있으니 주민들은 다소 마음을 놓을 수 있을 것입니다.
군사력 : 9
문화 : 398
도시 발전도 : 21
치안 : 72%
경제력 : 13
기술력 : 7

> 큰 희생이 따랐지만, 주민들은 몬스터들과 싸우는 법을 터득하였습니다. 재능이 있는 자들은 병사의 꿈도 키워 나갈 수 있을 것입니다.
> 농업과 수렵에 대하여 관심이 많습니다. 주변의 몬스터들만 퇴치할 수 있다면 경작지를 늘릴 수 있을 것입니다.
> 마을에 단 하나뿐인 여관은 빈방이 남는 날이 없습니다.
> 아르펜 왕국의 찬란한 문화에 대한 이야기가 계속 들려오고 있습니다.
> 주민들도, 어떤 일이든 잘하지는 못해도 경험하고 싶어 합니다.

> ─마을의 영주로 추대되었습니다.
> 아르펜 왕국에서 지위를 부여받게 되면 준남작 작위를 획득할 수 있습니다. 마을이 성장함에 따라 더 높은 귀족이 될 수 있을 것입니다.
> 세금 수입의 40%를 왕국에 바쳐야 하며, 그 대신에 공헌도를 이용하여 왕국에 경제와 군대, 기술 개발 등의 요구를 할 수 있습니다.

건축가들은 각지에서 개고생을 하며 도시들을 일구어 냈다.

> ─2차 전직을 하실 수 있습니다.
> 풍부한 경험으로, 도시 건축가로의 전직이 가능합니다.

도시 건축가!

건축가들이 대활약을 하면서 광활하던 아르펜 왕국의 비어 있는 영토에도 도시와 마을이 자리를 잡아 가고 있었다.

물론 이는 상인들의 교역을 더욱 촉진하고, 농부와 광부들의 일감을 늘어나게 했다.

화염의 대재앙은 마폰 왕국과 켈튼 왕국, 바다신의 세력을 뒤덮었다.

"사, 살려 줘!"

"켈튼 왕국의 기사들이여, 영예롭게 적을 하나라도 더 죽여라."

"용맹스러운 전사들아, 마지막까지 우리가 죽음을 무서워하지 않는다는 걸 보여 주어라!"

두 왕국의 군대는 끝까지 전투를 펼치다가 피할 수 없는 불길에 휩싸이고 말았다.

위드가 타고 있던 말도 불길에 휩싸이자마자 그대로 사라지고 말았다.

"조각 파괴술! 이 모든 것들이 민첩이 되어라."

위드는 조각 파괴술을 쓴 뒤 바로 서윤을 업고 네발 뛰기 스킬을 시전했다.

"눈 질끈 감기, 스톤 스킨!"

사용할 수 있는 스킬의 총동원!

보이는 모든 곳들이 불길이라서 눈을 떠야 할 의미도 없었다.

눈에 보이는 게 없는 위험한 상태, 스톤 스킨은 화염과 냉기 등으로부터 몸의 보호 능력을 높여 주기 때문에 썼다.

그리고 방향을 정해 놓고 무조건 앞으로만 달렸다.

'서윤이 버텨 줘야 하는데……'

위드의 생명력도 급속도로 감소했다.

-온몸이 불길에 휩싸였습니다.
초고온의 화염에 의하여 생명력이 매초마다 3,850씩 감소합니다.
빨리 열기에서 벗어나지 못하면 생명력의 감소 속도는 갈수록 빨라질 것입니다.

-무기와 방어구들의 내구도가 감소합니다.
오랜 시간 불에 노출되면 영구적인 손상이 발생할 수 있습니다.

메시지 창이 쉴 새 없이 울렸고, 위드는 오로지 앞으로만 달려갔다. 그때 나타난 새로운 메시지 창.

-불과 화로를 관장하는 헤스티아의 축복이 부여되었습니다.
여신 헤스티아는 이 땅에서 거룩한 의무를 다하는 인간에게 축복의 손길을 내려 주었습니다.
일시적으로 불의 저항력을 높여 줍니다.
화염을 흡수하여 모든 스탯을 39만큼 올립니다.
모든 공격 스킬의 효과가 2레벨만큼 증가하고, 발동 시간을 단축시킵니다.
헤스티아 교단의 공적치가 2,300 감소합니다.

여신의 기사 갑옷에도 헤스티아의 축복이 부여되어 있었다. 무게 등을 낮춰 주고 방어력을 높여 주는 역할을 하는 축복. 이번에는 여신 헤스티아가 위드에게 직접 축복을 부여해 주었다.

그리고 잠시 후, 화염의 외곽 지역에서 거세게 타오르는 불길을 뚫고 두 사람이 튀어나왔다.

"커허헉! 겨우 살았네."

까맣게 숯검정이 되어 있는 위드와 서윤이었다.

-남아 있는 생명력 : 3,891.

"죽기 직전까지 가서 간신히 살아남았구나."

위드는 놀란 가슴을 쓸어내렸다.

전쟁터에는 오로지 무시무시하게 타오르는 불길밖에는 보이지 않았다.

소모해 버린 대재앙이 아깝기는 했지만, 어쨌든 한동안 추격은 물리친 것으로 봐도 되리라.

"역시 하늘은 스스로 돕는 자를 도와준다고, 기적이 일어나기도 하는군."

위드는 스스로의 몸에 붕대를 감으며 서윤에게 물었다.

"넌 괜찮아?"

"네. 조금 위험했어요."

"생명력은 얼마나 남았는데?"

"11만 정도요."

"……."

"화염 저항력을 올려 주는 아이템들을 많이 가지고 있었거든요."

서윤은 화염 반지, 화염 귀걸이, 팔찌, 목걸이 세트를 전부 착용하고 있었다.

직업이 광전사라고 해도 위급한 순간에 사용할 아이템들은 모두 챙겨 두고 있었던 것이다.

위드는 괜히 섭섭해졌다.

"죽는 줄 알고 정말 빨리 달렸는데."

위기의 순간에는 슬로어의 결혼반지가 있었으니 서윤의 생명력을 받아 올 수 있어서 약간의 여유는 있었던 상황이다.

고생해서 간신히 산 건 줄로 알았는데, 헛고생이었다니!

위드가 과거를 회상하며 중얼거렸다.

"나처럼 재수 없는 놈도 없을 거야. 어릴 땐 딸기 우유를 그렇게 사 먹고 싶었는데 일찍 먹으면 며칠 뒤에 또 먹고 싶어질 것 같아서 한 달을 꾹 참았다가 500원을 들고 슈퍼마켓을 갔지."

"그런데요?"

"딱 그날부터 우유값이 600원으로 인상되었어. 이번에도 아까운 헤스티아의 공적치만 날렸구나."

서윤은 손에서 김이 모락모락 나는 시커먼 덩어리들을 꺼냈다.

"여기, 감자랑 고구마 구웠어요. 같이 먹어요."

그녀가 불이 나면 감자와 고구마를 굽는 것도 위드에게 배운 행동이었다.
"소금이랑 김치는?"
"모라타에서 샀던 게 남아 있어요."
위드는 감자와 고구마를 먹으면서 기분이 조금 풀렸다.
"오징어도 구웠어야 하는데……."

붙잡혀 간 서윤

위드와 서윤은 마폰 왕국의 영역에 들어가서는 조심스럽게 여행자처럼 행동했다.

"마차를 함께 타고 가시겠소?"

"감사합니다."

터덜터덜 길을 걷다 보면 관대한 NPC 상인들이 마차를 태워 주기도 했다.

위드는 마차에서 조각품을 깎으며 물어보았다.

"뭘 거래하려고 가십니까?"

"나스로 올리브를 가져가는 길이라오. 전쟁 때문에 제값을 받기는 어려울 것 같아."

이 대륙 전체가 지금은 위드와 서윤을 위하여 움직이고 있는 것이나 마찬가지다.

　베르사 대륙의 방대함에는 그야말로 놀랄 수밖에 없었다.

　주민들과 대화를 나누어 보다 보면 모든 것들이 노들레와 힐데른이 살아가던 그 시절 그대로 재현되어 있었다. 심지어 북방의 니플하임 제국에 대하여 물어볼 수도 있었다.

　"아, 그곳… 우리 상인들은 멀고 먼 그곳까지는 잘 가지 않소. 몬스터들이 워낙 거칠게 날뛰어서 말이지."

　"북쪽 지방의 몬스터들은 더 강한가요?"

　"아무래도 그렇소. 그리고 대규모로 돌아다니는 놈들이 많아서 용병들을 데리고 가더라도 소용이 없다오. 용병들도 잘 가려고 하지도 않고. 하지만 북방에 무사히 다녀온 상인들은 아주 큰 돈을 벌었다는군. 니플하임 제국은 문물이 발달해서 희귀한 품질의 교역품들이 많다고 해서 나도 언젠가는 꼭 방문을 해 보고 싶은 곳이라오."

　과거에는 니플하임 제국이 아주 강대국이었다.

　중앙 대륙과 교류가 그다지 활발했던 편은 아니라서 소문도 제대로 알려져 있지 않은 경우도 있었다.

　위드의 머릿속을 번뜩이는 생각이 있었다.

　'지금 보덴 마을로 가야 하는데. 그러자면 마폰 왕국을 무사히 지나가야 해. 하지만 지금 여기에서는 악명이 좀 쌓여서 도시나 마을, 요새와 같은 관문들을 지나가기가 곤란하지.'

　명성처럼, 악명도 주민들이 알아볼 수 있다. 일반 주민들은 모르겠지만 왕국군이나 기사들을 만나면 얄짤 없었다.

물론 위드와 서윤은 지금 현상 수배까지 걸려 있는 신세였다.

'그렇다면 굳이 빨리 갈 필요도 없는데, 명성도 올리고 경험치도 쌓으며 가도 되지 않을까?'

위드는 불리한 상황에 처하면 상황을 타개할 수 있는 방법들을 찾아냈다.

때론 노가다의 도움도 받았고, 여러 스킬들과 정보들을 활용하기도 한다. 무엇보다 중요한 재산은 잔머리였다.

'여긴 그러니까 오래전 과거의 베르사 대륙이지. 그렇다면 나중에 발굴될 던전들도 상당수는 그대로 남아 있을 가능성이 커.'

몬스터들의 서식지, 도적 떼의 소굴, 역사적인 사건, 치안 불안, 마법사들의 은거.

여러 이유에 따라서 던전들은 생성되고, 때로는 파괴되기도 한다.

하지만 로열 로드의 문이 막 열려서 사람들이 최초로 발굴해서 유명해진 장소들 중에는 고대의 보물들이 묻혀 있던 던전도 있었다.

위드와 서윤이 그 던전에 들어간다면… 이 시대에는 누구도 들어가지 않았던 곳일 테니 최초 방문자의 혜택과 보물을 고스란히 얻게 되리라.

물론 던전들에 대한 상세한 정보들도 손에 쥔 채!

'게다가 지금은 경쟁자도 없다고 할 수 있어.'

다른 유저들이 없기에 주민들의 퀘스트를 받기도 쉽다.

정보들을 모아서 지금 시대에만 존재하는 아무 던전에나 들어가더라도 최초 방문자가 될 가능성이 높다.

위드는 마치 길거리에서 만 원을 주운 기분이었다.

이보다 더 기쁠 수가 없는 상황!

"사냥하러 가자. 여기 던전들은 있잖아."

위드는 서윤이 이해할 수 있도록 길게 설명을 준비했다. 하지만 그녀가 바로 대답했다.

"음, 이 시대에는 우리밖에 없으니까요. 최초의 던전 방문자가 되는 것도 좋을 것 같아요."

"그러니까……."

"통나무집에서도 만약 그런다면 어떨까 하고 생각해 봤던 건데요, 괜찮을 것 같아요."

"……."

위드는 왜 머리 좋은 여자와 다니면 피곤하다고 하는 건지 알 수 있었다.

몸이나 입은 아주 편하다. 다만 정신적인 박탈감!

뭔가를 애써 떠올렸는데 상대방은 미리 생각을 다 해 놓고 그 해답까지 알고 있을 때의 허무함이란.

"도시로 들어갈 수 없으니 여행자……."

"여행자들에게 지도를 구하고, 상인들에게는 보급품을 장만하면 되겠어요. 악명을 좀 낮추고 나면 도시에도 들어갈 수 있게 되어서 보덴 마을로 가는 것도 편할 거예요."

 "추적자들은······."

 "바다신의 세력은 마폰 왕국과도 전투를 벌였으니 국경을 넘어서 쫓아오기가 참 어렵겠죠. 우리처럼 홀가분하게 다니는 게 아니라 군대를 끌고 쫓아오고 있으니 마폰 왕국에서도 대응에 나설 거예요."

 위드는 자신의 마음을 너무나도 잘 알고 있는 서윤이 왠지 얄미웠다. 그래서 유치하더라도 말꼬리를 잡고 싶었다.

 "혹시 내가 아까 무슨 생각을 했는지 알고 있어?"

 "네."

 "무슨 생각 했는데?"

 "전기요금 인상요."

 "허억!"

 위드와 서윤은 마폰 왕국의 땅에 있는 던전 중에서 가장 가까운 곳으로 향했다.

 "여기로군."

 입구를 찾는 것은 그리 어렵지 않았다.

베르사 대륙이 열리고 나서도 2년이 넘어서야 발굴된 던전.
보물들이 어마어마하게 나왔던 장소다.
텔레비전을 보며 남이 잘되어서 얼마나 배가 아팠는지 모른다.
"좋아. 시작해 봐야지."
위드와 서윤은 간단한 전투준비를 마치고 던전 안으로 들어갔다.

던전, 영웅 가르뭉의 무덤 최초 발견자가 되셨습니다.
혜택 : 명성 870 증가.
　　　일주일간 경험치, 아이템 드롭률 2배.
　　　첫 번째 사냥에서 해당 몬스터에게 나올 수 있는 것 중에 가장 좋은 물건 아이템이 떨어집니다.

"과연 예상대로군."
시험 삼아서 방문했고 충분히 상대할 수 있는 몬스터들이 나오기에 어려운 장소는 아니라서 이틀 만에 정복할 수 있었다.
"감정!"

가르뭉의 창 : 내구력 73/75. 공격력 85~126.
마폰 왕국의 영웅 가르뭉의 창이다.
무기 제조 기술이 그리 발달하지 않은 시기에 만들어졌지만, 최고의

장인들이 완성하여 영웅을 위해 바친 창이다.
제한 : 기사, 창병, 성기사 전용.
레벨 380.
옵션 : 명성 +3,150.
돌격 시에는 항상 최대의 공격력이 발휘됨.
관통 피해 +46.
방패 파괴.
연속 공격 우대.
세트 아이템! 가르뭉의 검, 창, 갑옷이 전부 모이면 효과가 더해짐.

"후후후, 역시 물건은 틀림없군."

이곳에는 창뿐만이 아니라 가르뭉의 검과 갑옷도 그대로 있었다.

"다른 곳도 어서 가 봐야지."

던전, 비네스의 보물 보관소 최초 발견자가 되셨습니다.
혜택 : 명성 430 증가.
일주일간 경험치, 아이템 드롭률 2배.
첫 번째 사냥에서 해당 몬스터에게 나올 수 있는 것 중에 가장 좋은 물건 아이템이 떨어집니다.

"역시!"

위드는 탄성을 내질렀다.

이번에는 산에서 헤매다 그냥 던전의 입구를 찾아서 들어갔는데도 최초의 방문자인 것이다.

비네스의 보물 보관소에 대한 정보를 다크 게이머 연합에서 검색해 봐도 나오는 것이 없는 걸로 봐서 순전히 이 시대에만 존재하는 곳인 모양이었다.

"나에게 이런 행운이라니… 하늘이 무너져도 떨어진 돈은 줍는 사람이 임자라더니 그 말이 틀림이 없군."

퀘스트는 아직까지 할 만했다. 오히려 쏠쏠한 이득마저 챙기고 있었다.

훗날 조각술 최후의 비기 퀘스트가 어떤 식으로 어려워지게 될지는 몰라도, 위드는 지금의 행운을 걷어찰 만큼 미련하진 않았다.

"원래 운세란 나이를 먹거나 시기에 따라서 바뀌기도 하는 법이지."

긍정적인 마음으로 위드와 서윤은 던전들을 찾아서 휩쓸고 다녔다.

바드레이 그리고 헤르메스 길드!

"버겐 성을 함락했습니다. 우리 측의 사망자는 3만 8천.

성벽은 완전히 부서졌고 그곳에 거주하던 주민들은 몰살. 블랙소드 용병단은 성을 버리고 패퇴하였습니다."

"그라디안 왕국을 점령하신 것을 축하드립니다, 황제 폐하."

헤르메스 길드에서는 그라디안 왕국의 모든 땅을 먹어 치우고 나서 최종적으로 수도까지 함락시켰다.

라페이는 연합군 측이 사자 사냥 작전에 따라 대반격을 가하기 위해서는 시간이 필요하다는 사실을 알고 나서 기회를 허투루 날리지 않았다.

헤르메스 길드의 여유 병력을 그라디안 왕국 쪽으로 보내서 바드레이에게 더 큰 힘을 실어 준 것이다.

바드레이는 친위대와 함께 압도적인 힘으로 블랙소드 용병단을 크게 격파!

계획에 따라 차츰 물러나던 블랙소드 용병단 입장에서는 당황스러운 일이었다.

그러나 힘의 균형이란 잘못 치우쳐지면 되돌리기 어려운 것이기도 하다.

블랙소드 용병단은 진짜 수세에 몰리게 되었고, 내분까지도 일어났다. 사자 사냥 작전에 대한 불신과 회의도 들었고, 대헤르메스 길드 연합군 측에 대한 불만도 생겼다.

그들은 공통의 위험한 적 헤르메스 길드를 상대로 싸우기 위하여 뭉쳤다. 하지만 그들끼리도 서로 적대적인 관계이기 때문에 유사시에 필요한 도움을 주지는 않았다.
 헤르메스 길드를 무너뜨리는 데에만 관심이 많았으며, 그 이후로 더 큰 이권을 챙기기 위하여 블랙소드 용병단의 도움 요청은 자신들도 여유가 없다는 핑계를 대며 거절했다.
 결국 블랙소드 용병단은 연전연패를 거듭하다가 그라디안 왕국에서 완전히 도망치게 된 것이다.
 "그라디안 왕국의 점령 의식을 준비하고 있습니다, 황제 폐하."
 바드레이는 시종들의 말에 고개를 저었다.
 "그건 뒤로 미룬다. 블랙소드 용병단을 계속 추격한다."
 하벤 제국의 병력은 그라디안 왕국을 점령한 것을 기뻐하며 오래 머무르지 않았다. 곧바로 블랙소드 용병단의 뒤를 따라붙으며 네스트 왕국까지 침략했다.
 네스트 왕국은 이미 하벤 제국과 전쟁을 벌이고 있었는데, 그라디안 왕국이 있던 쪽에서 바드레이가 쳐들어온 것이다.

제목 : 헤르메스 길드의 강함, 그 끝은 어디인가
 저도 그렇겠지만 많은 이들이 헤르메스 길드의 몰락을 바랄 것입니다. 하지만 그들이 매일 보여 주는 전투에는 패배가 없습니다.
 베르사 대륙은 이대로 그들의 것이 될 것 같습니다.

제목 : 직접 싸워 본 하벤 제국

저는 지금은 몰락한 라살 왕국 출신의 마법사입니다.

당시에는 그들이 하벤 왕국이었죠.

영상으로만 보신 분들은 아마 모를 겁니다. 그들이 얼마나 무시무시한 존재이며 절망감을 느끼게 하는지.

헤르메스 길드에는 우리가 태양처럼 우러러보는 고레벨 유저들이 즐비합니다. NPC 병사들도 잘 훈련되어 있으며, 체계적으로 움직입니다.

저도 친구들과 함께 공성전에 많이 참여해 봤지만, 그런 식으로 어른이 어린아이 데리고 놀듯이 싸우는 건 처음 보았습니다.

헤르메스 길드, 하벤 제국의 승리요? 그건 당연합니다.

이유는, 압도적으로 강하니까요.

댓글 반응도 폭발적이었다.

- 무신 바드레이야말로 누구도 부인할 수 없는 최강자인 듯.
- 하벤 제국의 브리튼 연합 왕국 점령도 시간문제일 겁니다.
- 얼마 안 남았죠.
- 마지막으로 버틸 수 있는 건 북부 정도가 될까요? 북부로 원정을 떠난 하벤 제국의 군대도 괴멸시켰잖아요.
- 거긴 멀어서 버티는 겁니다. 강한 게 아니라······.
- 헤르메스 길드가 작정하고 덤비면 북부는 초토화입니다.
- 중앙 대륙과 막 개척된 북부랑은 비교할 수도 없어요.
- 유저들이 뭉치면 할 수 있지 않겠어요?

—북부의 유저들? 하벤 제국의 군대가 제대로 몰려가면 숨도 못 쉬고 죽어 나갈 걸요.

—하벤 제국 무시하세요? 최고의 유저들과 군대들이 모여 있는 국가입니다. 초보자들이 많은 북부와는 비교도 안 되고, 인원수로도 오히려 훨씬 이쪽이 더 많습니다.

—위에 분, 틀림없이 헤르메스 길드 사람인 듯.

—여기 헤르메스 천지네요.

—헤르메스 길드 물러가라!

게시판에는 무수히 많은 글들이 올라오고 있었다. 그만큼 모든 유저들이 헤르메스 길드의 행보에 대해 두려움을 느끼고 있다는 증거였다.

"아, 정말 길고 길었구나."

위드와 서윤은 말을 타고 보덴 마을에 도착했다.

거리도 멀었지만 던전들을 격파하느라 베르사 대륙의 시간으로 2개월이 넘게 흘렀다.

위드의 레벨도 무려 6개나 올라가서 438이 되었다.

레벨이 높아질수록 경험치를 모으기가 힘들어지지만 이곳에서는 던전 최초 발견자의 혜택을 톡톡히 입은 덕분.

게다가 틈틈이 조각품들을 제작해서 마폰 왕국의 상인들

에게 판매도 했다.

"이렇게 멋진 조각품이라니! 어떻게 이렇게 훌륭한 실력을 지금까지 감추고 살았는가."

-알려지지 않은 실력을 뽐내서 명성이 1,384 올랐습니다.

이 대륙에는 위드의 명성이 퍼져 있지 않고, 이름을 알고 있는 이들은 더욱 드물다. 그렇기 때문에 조각품을 판매하여 더 쉽게 명성을 올릴 수가 있었다.

"조각품에는 저의 인생이 담겨 있습니다. 발로티어 님이 아니라면 영영 팔지 않았을 것입니다."

"보기 드문 작품이니 가격은 후하게 쳐주지!"

나중에는 도시로 들어갈 수 있게 되어 귀족들과 직거래도 했다.

"음, 나의 풍채를 잘 표현해 주었군. 금화를 아낌없이 주지."

"감사하옵니다, 백작 각하! 이것이 어찌 저의 솜씨이겠습니까. 백작 각하가 헌앙하시기 때문에 졸렬한 저의 조각술이 오히려 덕을 본 것이 아니겠사옵니까."

"크하하하핫. 보석도 주도록 하여라!"

"성은이 망극하옵니다!"

십이지장을 몽땅 빼 줄 것 같은 간드러지는 아첨!

전쟁의 시대에서도 위드는 떼돈을 벌어들이며 잘살았다.

조각술 스킬의 숙련도도 고급 9레벨 82.3%까지나 올려

놓았을 뿐만 아니라, 손재주 스킬은 고급 9레벨 88.7%의 숙련도!

　명성이 올라가면서 악명의 영향은 사라지게 되었다. 마폰 왕국과 포르투 왕국을 편안하게 이동하여 보덴 마을에 도착한 것이다.

　위드는 아쉬웠다.

　"더 천천히 왔으면 좋았을 텐데."

　베르사 대륙의 상황이 계속 급하게 돌아가지만 않았더라도 한 1년 정도는 던전 사냥이나 하며 머무르고 싶을 정도였다.

　바다신의 추적자들은 마폰 왕국을 여행하는 동안 본 적이 없었다. 아마 마폰 왕국에서 그들을 물리쳤거나, 혹은 국경 안쪽으로 들어오지 못했거나 하리라.

　"이제 어디로 갈까요?"

　서윤은 갑옷이 산뜻하게 바뀌어 있었다.

　밝고 깨끗한 은색으로, 작은 보석들까지 무늬를 이루며 박혀 있다.

　그렇지만 전투가 벌어져서 광전사의 능력이 발동되기 시작하면 점점 짙은 어둠의 색으로 변하고, 보석들은 피까지 흘리게 되는 저주받은 갑옷!

　위드와 서윤이 일부러 다른 몬스터들은 건드리지도 않고 보스급 몬스터를 먼저 사냥해서 습득한 가장 좋은 광전사 아이템이었다.

위드도 여신의 기사 갑옷보다 좋은 건 당연히 구하지 못했지만, 평소에 착용하던 투구와 부츠보다는 좋은 것들을 얻었다.

악마 몬투스를 상대로 하여 획득한 악마 투구. 이건 악의 힘을 다룰 수 있기에 굉장한 힘을 주지만 페널티가 심해서 사용하지 않고 있었다.

"몰라. 일단 마을로 들어가서 찾아보자."

위드는 퀘스트를 완료하기 위해서 마을 안으로 들어갔다.

보덴 마을은 주택의 숫자가 고작 100가구도 되지 않을 정도로 작은 곳이었다.

안식처를 찾아서 완료
대륙을 떠돌며 보덴 마을에 도착했다. 하지만 노들레와 힐데른, 그들은 평화로운 시간을 보낼 수 있을 거라는 희망을 가졌다.

-경험치가 올랐습니다.

-매력과 용기가 10씩 올랐습니다.

"이곳은 거의 초창기의 모라타 수준이로군."

"사람들이 별로 없어서 아늑한 느낌도 있어요."

"누구에게든 말을 걸어 보거나 퀘스트에 대해서 알아보기는 편하겠어. 퀘스트만 아니라면 이렇게 작은 곳에 오지 않고 큰 도시로 가 볼 텐데."

"나중에 기회가 되면 니플하임 제국에도 방문해 봐요."

"그럴 수 있다면 좋겠지만……. 아무튼 쉽진 않겠지."

그들이 마을의 중심가를 걸어갈 때였다.

"국왕 폐하. 국왕 폐하께서 납셨다."

"우리 보덴 마을을 둘러보러 폐하께서 오셨다."

주민들이 길거리에 나와서 절을 하며 엎드리는 것이다.

상당히 뜬금없는 전개!

위드와 서윤은 길거리에서 멀찌감치 물러났.

아르펜 왕국의 국왕 신분이기는 하지만, 이곳에서는 일단 아무 쓸모가 없다. 또한 어떤 이득이라도 있으면 기꺼이 머리를 조아릴 수 있었다.

'국왕이라면 어떤 조각품을 바가지를 씌워서 팔아야 하지?'

수백 기의 기사단과 1,000명이 넘는 시종들을 이끌고 온 국왕은 백마를 타고 마을로 들어왔다.

그 장엄한 행렬!

'돈이 남아도는군. 하기야 오면서 들어 본 소문으로는 포르투 왕국은 국가 규모에 비해서는 상당히 잘나가는 편이라고 하니까.'

이 시대에는 광산과 곡식을 키울 수 있는 비옥한 땅이 있는 것이 최고였다.

포르투 왕국은 중앙 대륙에서도 노른자위의 땅들을 가지

고 있어서, 나중에 그들이 망하고 나서는 라살 왕국이 탄생했다.

"거기, 고개를 들라."

황소개구리와 제주도 흑돼지를 반반씩 섞어 놓은 것처럼 생긴 국왕이 구석에 서 있는 서윤을 보며 말했다.

"보기 드물게 물의 기운이 강한 여자로구나."

"……."

서윤은 아무 말도 하지 않았다.

"너의 이름이 무엇이더냐."

"……."

"힐데른이라니, 이름도 맑은 날의 바다를 뜻하는군."

이름을 알려 주지도 않았는데 국왕은 이미 알고 있었.

퀘스트와 연관이 있는 특별한 이벤트가 벌어진 것이다.

"나를 따라서 궁으로 가자꾸나. 네 다리가 불편해 보이는데, 말끔하게 고쳐 주겠다. 너를 내 딸로 삼고 보석과 드레스를 준비하여 화려한 연회를 100일간 개최하겠노라."

국왕의 놀라운 말이었다.

서윤은 가만히 있는 위드를 물끄러미 쳐다보았다.

국왕에게 내 여자 친구니까 건드리지 말라고 소리를 쳐 주면 정말 좋을 텐데, 어쩌면 그녀를 팔아먹을지도 모른다는 불안감!

"저기……."

위드가 나서긴 했다.

"폐하께서 말씀을 하시는데, 무엄하다!"

기사들에 의해서 바로 어깨를 붙잡히고 말았다.

물론 전투를 한다면 저항할 수는 있었다. 하지만 여기에 모여 있는 왕실 기사들도 수준이 낮진 않았다.

'설마 여기를 다시 빠져나가는 게 퀘스트인가?'

위드와 서윤이 눈을 마주쳤다.

만약에 그렇다면 동시에 습격을 하는 편이 좋다.

마을의 구조에 대해서는 잘은 모르지만 최대한 멀리 벗어나는 편이 좋으리라.

기사단 너머에는 기병들도 보이고 있었기에 끊임없이 싸워야 할 것이다.

승산을 따지기가 어려운 상황이었다.

"커헉!"

그런데 그 순간, 위드가 갑자기 피를 토했다.

포르투의 국왕이 비열하게 웃음을 터트렸다.

"나약하구나. 남자의 얼굴이 시커먼 것을 보니 깊은 병에 걸린 모양이로군. 힐데른 네가 나를 따라나서지 않는다면 저 남자는 피를 토하다 죽을 것이다. 하지만 제 발로 따라오겠다고 하면 치료약을 주지."

띠링!

> **힐데른의 잔인한 운명**
> 노들레를 따라서 대륙에 온 힐데른. 흑마법사인 포르투의 국왕은 그녀가 가진 바다의 기운을 알아채고 궁전으로 데려가서 실험에 쓰려고 한다.
> 노들레는 대륙을 전전하며 병에 걸려서 죽음을 앞두고 있다. 국왕은 힐데른에게 선택을 강요하고 있다.
> "나를 따라 왕성으로 가겠느냐, 아니면 연인의 죽음을 지켜보겠느냐."
> 힐데른의 선택에 따라서 노들레의 생명을 건질 수도 있겠지만, 대신에 목숨보다 더 소중한 사람을 잃게 되리라.
> **난이도 :** 조각술 최후의 비기 퀘스트
> **퀘스트 제한 :** 힐데른의 선택에 노들레의 운명이 걸려 있습니다.

위드의 머릿속이 빠르게 돌아갔다.

'이게 어떻게 된 거지?'

상황이 너무 빨리 바뀌어 갔다. 몸은 마치 병원에 가지 않으면 안 될 몸살감기에 걸린 것처럼 아프고 자꾸만 기침이 나온다.

띠링!

> -중증 흑토병에 걸리셨습니다.
> 체력이 저하됩니다.
> 생명력이 감소합니다.
> 스킬을 사용할 수 없습니다.
> 계속 몸이 아프고, 치료약을 구하지 못하면 나흘 후 사망하게 됩니다.

-착용하고 있는 검의 레벨 제한에 걸렸습니다. 무기를 제대로 다룰 수 없게 됩니다.
검을 다루는 스킬이 부족하여 자기 자신이 다칠 수 있습니다.

-착용하고 있는 갑옷이 너무 무겁습니다. 페널티로 인해 움직일 수 없습니다.
적이 공격하더라도 그대로 눈을 뜬 채 당하고 말 것입니다.

-민첩 요구치가 부족하여 부츠의 옵션을 활용할 수 없게 됩니다.

-투구를 쓸 수 있는 지력이 부족합니다.
레벨 제한이 걸렸습니다.

'아무래도 뭔가 이상하게 돌아가고 있어.'

위드는 마을로 들어오면서 레벨 100대가 착용하는 가죽 갑옷으로 갈아입었다. 그런데도 갑자기 메시지 창들이 마구 뜨는 것이다.

확인을 위해서 작은 목소리로 중얼거렸다.

"스탯 창."

캐릭터 이름 : 노들레	성향 : 무	
레벨 : 37	직업 : 없음	
칭호 : 가문의 상속자	명성 : 53	
생명력 : 79	마나 : 282	
힘 : 19	민첩 : 16	체력 : 23

지혜 : 95　　　　지력 : 77　　　　예술 : 3,153
통솔력 : 5　　　행운 : 5
공격력 : 3　　　방어력 : 4
마법 저항 무

상태 : 중증 흑토병으로 인해 죽어 가고 있음.

'이럴 수가.'

위드는 소리 없이 경악했다.

이름이 어느새 노들레로 바뀌었고, 능력치들도 마찬가지!

노가다를 한 양을 합치면 아파트 한 동 정도는 지었을 텐데 그렇게 쌓은 스탯들도 예술을 제외하고는 몽땅 줄어 있었다.

'설마, 그렇다면 스킬들도…….'

위드는 스킬도 확인해 보았지만, 조각술을 제외한 대부분의 스킬들이 사라지고 없었다.

조각술, 그리고 다른 다섯 가지의 비기는 있었지만 한겨울의 내복과도 같은 손재주도 없어지고 말았다.

평소 그렇게 괄시하던 예술과 관련된 스킬들만이 사라지지 않고 남아 있었다.

이제는 도망칠 수도 없다.

서윤의 선택에 따라서 죽음에 처하게 될 수도 있으리라.

그때 서윤의 퀘스트 창에는 위드와는 다른 내용이 떴다.

띠링!

> **힐데른의 잔인한 운명**
> 포르투의 국왕은 잔혹한 흑마법사였다. 그는 힐데른을 궁전으로 데려가서 실험체로 쓰려고 한다.
> 만약 궁전으로 가자는 그의 제안을 거부한다면 지금의 꿈에서 깨어나서 획득한 보물들을 가지고 원래의 베르사 대륙으로 돌아갈 수 있다.
> 하지만 노들레는 병에 걸린 채로 이 대륙에 남을 것이며, 포르투의 국왕과 기사들에 의하여 죽임을 당하게 될 것이다.
> 국왕을 따라가면 흑마법사의 실험체가 되어 죽임을 당하게 됩니다.
> 잔혹한 운명이지만 힐데른은 선택을 해야 합니다.
> 국왕을 따라가며 연인을 살릴 것입니까, 아니면 거절하고 원래의 세계로 돌아갈 것입니까?
> 난이도 : 조각술 최후의 비기 퀘스트
> 퀘스트 제한 : 힐데른의 선택에 노들레의 운명이 걸려 있습니다.

위드가 이 사실들을 알았더라면 더 불안해했겠지만, 서윤은 당연하다는 듯이 대답했다.

"그를 살리기 위해서라면 무엇이든 하겠어요. 저를 데려가세요."

"좋다."

—힐데른이 흑마법사의 실험체가 되기로 결정하였습니다.

과거 노들레와 힐데른이 처했던 상황이 이제는 그들을 주인공으로 똑같이 이어지게 된 것이다.

띠링!

힐데른의 잔인한 운명 완료
힐데른은 포르투의 국왕을 따라가기로 하였다. 그녀는 실험체로 희생되거나, 마물이 되어서 지하 궁전을 떠돌게 되리라.

포르투의 국왕은 서윤을 데리고 떠났다.

위드는 저항하지 않고 그 모습을 지켜보기만 했다.

조각술 최후의 비기 퀘스트가 이렇게 말 몇 마디에 허무하게 끝날 리가 없지 않은가.

기껏 고생을 했는데 서윤은 빼앗겨 버리고 자신은 병에 걸리고 끝이 난다면!

'아냐. 일리도 있어. 이놈의 팔자란 방심해서는 안 되는 거니까. 길거리에서 돈을 주웠는데 바로 앞에서 돈 주인이 보고 있다거나 하는…….'

그리고 옛날 노들레와 힐데른과 같은 동화란 비극으로 끝나는 경우도 많다.

솔직히 행복한 연애가 더 드문 법!

위드도 여자 친구를 만들지 않고 결혼도 꿈꾸지 않는 이유가 있었다.

'처자 쪽 부모님들이 날 탐탁지 않아 할 테고, 혼수 문제로 싸우고, 결혼식 비용 분담, 예단, 집 마련, 신혼여행…….

요즘 여자들은 결혼하는 데에도 명품 가방은 필수품이라고 들었어. 그리고 결혼을 하고 나서도 모든 것이 만만치 않지. 애를 낳으면 교육비에 선생님한테 드려야 할 촌지에…….'

현실 자체가 사랑만으로 살아가기에는 너무나도 각박했다.

차라리 동화처럼, 섬에서 함께 도망쳐 나온 연인을 국왕에게 빼앗겨 버리는 편이 현실성이 있었다.

'음, 부인할 수가 없군. 완벽히 수긍할 수밖에 없는 이야기 전개야.'

위드는 납득되어 버리고 말았다.

붙잡고 있던 기사들이 그를 놔주고 떠나려고 할 때 힘겹게 입을 열어 물어보았다.

"저…기, 치료…약은요?"

서윤이 붙잡혀 간 것은 붙잡힌 것이고, 치료약은 챙겨야 한다는 실리주의!

기사들이 야비하게 웃었다.

물론 썩은 미소를 지을 때 위드의 입꼬리만큼 올라간 건 아니었다.

"치료약은 없다. 큭큭."

"고통 속에서 죽어 가도록 해라."

보통 상황이 이렇게 되면 땅을 치며 분개를 하리라.

하지만 위드는 오히려 정신이 차분해지고 말았다.

이 세상에서 누굴 믿는단 말인가.

포르투 국왕의 말은 신뢰할 수 없기에 마음의 준비는 이미 했다.

사실 퀘스트의 내용에서도 반드시 치료약을 준다는 말은 없었다.

"아, 그…렇군…요. 알겠…습니…다."

위드는 조용히 기사들이 떠날 때까지 기다렸다.

어차피 저항을 해 봐야 개죽음에 지나지 않는다. 뭐라도 해 보려면 생각을 정리할 시간이 필요했다.

생사의 갈림길

"쿨럭."

위드는 계속 피를 토했다.

'우선 상황은 정말 안 좋아.'

서윤에게 귓속말을 보내 봤다.

-어…떻게 되…고 있어?

-궁전으로 끌고 간다고 말하고 있어요.

-탈…출은?

-방금 확인해 봤는데, 이름이 힐데른으로 바뀌었고 레벨과 스킬들도 모두 쓸 수 없게 되어 있어요.

그녀도 레벨과 스킬이 하락해 있기에 반항은 꿈도 꿀 수 없는 처지.

노들레와 힐데른도 아마 이렇게 무력감을 느껴야 했으리라.

띠링!

흑토병의 치료
흑토병이 몸을 갉아먹고 있다. 서둘러 치료하지 못하면 죽음을 맞이하리라. 또한 치료의 시기가 늦어지면 장애가 발생할 수도 있음.
난이도 : 조각술 최후의 비기 퀘스트
퀘스트 제한 : 남아 있는 시간 사흘.
　　　　　　　사망 시에는 퀘스트 실패. 원래 시간의 베르사 대륙으로 돌아가게 됨.

위드는 비틀거리면서 신전을 찾기 위해 마을을 돌아다녔다. 사제가 있다면 신성 마법에 의해 치유가 가능하리라.

보덴 마을은 작은 곳이었고, 잠깐 둘러봐도 신전은 없는 것 같았다. 대신 길거리에서 마을 장로를 만날 수 있었다.

"안…녕하세…요."

친밀도를 얻기 위한 본능적인 인사!

"외부인이로군. 무슨 일인가."

"몸을… 흑…토병…의 치료…를 해…야 합…니다."

말을 하는 것조차도 어려웠다.

간신히 말을 내뱉었는데도 장로의 반응은 쌀쌀맞기 그지없었다.

"흑토병이라면 꼼짝없이 죽어야 되겠군. 우리 마을에는 치료약이 없네."

"그…러면……."

"돈을 준다면 내가 구해 줄 수는 있지."

마을 장로가 눈을 빛냈다.

위드는 저런 눈빛을 아주 잘 알고 있었다. 돈만 떼어먹거나, 혹은 더 큰 돈을 노리고 목숨을 탐낼 수도 있으리라.

원래의 능력이 유지되고 있다면 마을 장로 정도야 간단히 없애 버릴 수 있지만 지금은 어떤 수도 쓸 수가 없었다.

"아…닙니…다. 가지…고… 있…는 돈이… 없어서……."

"젠장. 역시 그렇군."

마을 장로는 아픈 위드를 두고 멀리 떠나 버렸다.

전쟁의 시대에 인심이란 각박할 수밖에 없다.

위드는 노들레가 처했던 상황이 매우 불행하였고 안타까웠다는 점에 대해서 인정했다.

이 세상에서는 연인과 얼굴이라도 마주 보며 산다는 게 행운이라는 사람도 분명히 있다. 하지만 왜 하필 자신이 직접 체험해 봐야 한단 말인가.

위드를 보면서도 주민들은 그냥 무심하게 지나쳐 갔다.

창을 든 경비병이 다가와서 말했다.

"병에 걸린 사람이 마을 내에 머물러선 안 된다."

전투 능력이 없고 몸 상태가 최악인 지금 마을 밖으로 나가면 위드는 늑대에게도 물려 죽을지 모른다.

"아무런 피해…도 끼…치지 않겠…습니다."

"죽으면 치우는 게 우리다. 마을 밖으로 나가서 안 보이는 곳으로 가라."

"……."

정말 야박하기 짝이 없는 인심이었다.

"그…러면… 나가야…지요."

위드는 비틀거리면서 마을 밖으로 향했다.

주민들과 얼굴이 마주칠 때마다 혹시 도와주는 사람이라도 나타나지 않을까 하는 부질없는 희망을 품었다.

"와, 병자다!"

"이거나 맞아 봐라!"

그렇지만 돌을 던지는 버릇없는 아이들이 있을 뿐.

―돌멩이에 적중되었습니다.
생명력이 3 감소합니다.

방어구도 없어서 생명력이 곧바로 하락했다.

'이러다가 죽겠군.'

위드는 고개를 숙이고 마을 밖으로 서둘러서 빠져나갔다.

비참한 기분이 조금 들었지만, 현재로써는 지나가는 똥개도 조심해야 할 판!

마을 밖으로 나가서도 얌전히 땅에 웅크린 채로 있었다.

-휴식으로 생명력이 2 회복되었습니다.

느릿느릿 생명력을 회복시켰다. 붕대라도 감을 수 있다면 조금은 나을 텐데 그러지도 못했다.
"커헉!"

-흑토병 발작이 일어났습니다.
 생명력이 14만큼 하락합니다.
 체력이 걷기도 힘들 정도로 줄어듭니다.

위드는 아픔에 몸을 떨었다.
'그래도 다행이군. 춥지는 않으니.'
휘이이잉!
갑자기 불어오는 찬 바람!
'역시 나란 놈은… 전생에 아마 은하계 정도는 팔아먹었겠지.'
위드는 끙끙 앓으며 체력과 생명력을 회복했다.
포르투의 국왕이 데려간 그녀에게 남은 시간이 얼마나 될지는 모른다. 서윤도 능력이 하락했다면 그녀 혼자서는 도저히 탈출하지 못할 것이다.
서윤에게 다시 귓속말부터 보냈다.
-지금… 어디…야?
말을 짧게 한마디 하는 것도 쉽지 않았다.

아직도 아프고 춥고, 몸이 괴로웠던 것이다.

-마차에 갇혀서 계속 이동 중이에요. 궁전으로 갈 줄 알았는데, 탑에 갇히게 될 것 같아요. 병사들이 나누는 말을 들어 보니까 도착할 때까지 하루 정도는 걸릴 것 같은데. 갇히게 되면 위치를 알려 드릴게요.

서윤은 아주 담담하게 대답을 했다.

-그…래. 그렇…게 우…선 얌…전히… 시…키는… 대…로 해. 나중…에 데…리러… 갈… 테니…까.

-네. 천천히 오세요.

위드는 생명력과 체력을 회복시켰지만 여전히 힘들었다.

'마을 부근에서는 머무를 수 없으니 몬스터가 없는 곳으로 가야 해.'

체력이 없어서 느릿느릿 걸어야 했다.

주변을 살피면서 위험한 몬스터들이 접근하지는 않는지 계속 관찰했다.

-허약한 신체에 무리한 움직임으로 인해 체력이 저하됩니다.
계속 움직일 경우 과로에 걸릴 수 있습니다.
흑토병으로 인해 생명력이 6 감소합니다.
5시간 이상 충분한 휴식을 취해야 합니다.
계속 무리하게 몸을 움직이면 흑토병이 더 악화되어 수명이 감소하게 됩니다.

조금만 빨리 걸으려고 해도 체력이 뚝뚝 떨어졌다.

아픈 상태에서 움직이다 보니 흑토병에 의해 사흘도 버티지 못하고 더 빨리 죽을 수 있다.

'걷기도 힘들다. 이대로 쓰러져서 죽겠구나.'

바르칸과도 싸웠는데 지금은 지쳐서 들판에 쓰러져 죽을 것 같았다.

마을에서 멀리 떨어지게 되면 몬스터의 영역이다.

극성을 부리는 몬스터들은 위드가 피하거나 숨기도 전에 달려와서 목숨을 앗아 가리라.

'잘 생각해야 돼. 작은 판단 실수도 용납되지 않는다. 어디로 가고, 어떻게 해야 할 것인가.'

살아야 한다는 절박한 의지!

위드는 퀘스트를 한다는 생각도 멀리 떠나보냈다.

일단은 살아야 했다.

어쩌면 현실에서도 모든 걸 잃어버리고 병든 몸 하나만 남을 수도 있다.

좌절해 버릴 수밖에 없는 상황이지만, 누구에게나 벌어질 수 있는 일이기 때문에 감정이입이 더욱 잘되었다.

몸이 약해질수록 정신만은 또렷해진다.

보덴 마을을 벗어나서는 숲과 넓은 평원이 있었다.

'차라리 나무들이 있는 쪽으로 가자.'

숲으로 들어가면 길도 험하고 몬스터들도 많다. 하지만 들판에서도 위험한 건 마찬가지이고, 오히려 쉽게 눈에 띄어서 표적이 된다.

위드는 숲에서 안전을 확인해 가면서 조용히 이동했다.

코볼트, 고블린이 지나갈 때는 무성하게 자란 덤불에 몸을 숨기기도 했다.

"배가 고프다."

"사슴을 사냥하러 가자."

"키키킥!"

코볼트조차도 공포적인 존재!

'해가 지면 안 된다. 그 전에 안식처를 찾아야 돼.'

위드는 다급함을 감출 수가 없었다.

해가 지고 나면 몬스터들이 강해지고 더 많이 배회하게 된다. 그때는 정말 위험해지는 것이다.

'이놈의 몸뚱이는……'

와이번에서 뛰어내리기도 했던 육체는, 지금은 나무도 오를 수 없을 정도가 되었다.

노들레가 이 정도까지 약했던 건 아니겠지만 흑토병이 지독한 탓이었다.

위드는 숲을 돌아다닌 경험을 최대한 살려서 느릿느릿 걸었다.

가장 바라는 것은 사냥꾼들이 지어 놓은 집이지만, 그게 안되면 다른 엄폐물로 둘러싸인 장소라도 찾아야 했다.

'동굴이다.'

위드는 깊고 어두운 동굴을 보며 안으로 들어가야 할지를 고민했다.

'이럴 때일수록 신중해져야 해. 섣부른 행운을 기대하면 안 돼.'

수풀 속에서 숨어서 동굴을 계속 관찰했다.

그리고 잠시 후 동굴에서 곰 1마리가 나와서 다른 곳으로 향했다.

'죽을 뻔했구나.'

평소에는 곰이라면 가죽과 고기를 뜻했지만, 지금은 드래곤과 비슷한 서열의 존재!

'밤이 되어도 이 숲에서 안전하게 숨을 수 있는 장소는…….'

굶주린 야생동물들도 돌아다니기 시작하면 정말 위험했다.

'코볼트의 영역으로 가야겠다.'

위드는 코볼트의 영역으로 조심스럽게 이동했다.

단체 활동을 하는 코볼트는 야생동물들과 약한 몬스터들의 입장에서는 생각보다 무섭다. 그들의 영역에 있으면 다른 짐승들은 걱정하지 않아도 된다.

"사냥하러 갈 시간이군."

"코볼트 지도자 우르간을 따라서 가자!"

코볼트들이 20마리씩 떼를 지어서 이동했다.

몬스터치고는 지휘 체계가 잡혀 있고, 규칙적인 생활을 선호한다.

 숲을 잘 관찰하면 코볼트들이 다니는 길이 있기에 그곳을 피해서 위드는 몸을 숨겼다.

 생명력과 체력이 떨어져서 더 이동하는 것도 무리였다.

 '목숨은 하늘에 맡길 수밖에 없군.'

 위드는 그대로 몸을 웅크린 채로 밤을 지새웠다.

 다행인 점은, 미리 만들어 놓은 육포가 많았기에 굶주리지는 않아도 되었다.

"끼야호!"

"신 난다! 다 부숴라!"

"후후후, 내가 바로 검백이십칠치 님이시다!"

 무예인 직업 마스터 퀘스트를 하는 검치 들은 신이 났다.

발리사르의 반란군 토벌

반란군들이 발리사르 요새를 장악했다. 이들을 신속히 토벌하라.
전투에서 죽지 않아야 하며, 무예인으로서 큰 공적을 세워야 함.
난이도: 무예인 마스터 퀘스트
퀘스트 제한: 고급 8레벨 이상의 무기술.
  30인 파티를 구성할 수 있음.

검, 도, 창, 활, 도끼, 망치 그리고 도끼와 창의 장점들을 결합시켜 놓은 무기 폴암!

검치 들은 모든 무기를 다루며 반란군이 차지한 요새를 공격했다.

화살이 셀 수도 없이 쏟아졌지만 그들에게는 오히려 이 정도는 해 주어야 했다.

상대가 강해야 싸울 맛이 나지 않겠는가.

"남자는 여러 말 하지 않는다."

검삼치!

그는 성문 앞에서 상의를 벗고 우락부락한 근육을 한껏 드러내었다.

방어력이 떨어지는 건 다음의 문제였다. 야성미와 근육 자랑이야말로 최우선!

무예인 마스터 퀘스트를 하면서 갈수록 강한 적들에 흥이 났다.

"가라!"

검삼치의 손에서 창이 가공할 속도로 회전하기 시작했다.

반란군 궁수들의 화살 공격이 퍼부어졌지만 회전하는 창에 의하여 모두 튕겨 나갔다.

검삼치는 무기술 스킬이 고급 8레벨 후반이었다. 어떤 무기를 다루더라도 능숙하게 위력을 극대화시킬 수 있다.

검술 스킬을 응용하여 창술 스킬을 만들어 낼 수도 있었다.

"부서져라. 단파!"

검삼치는 성문을 향하여 창을 힘껏 내질렀다.

벼락이 떨어지는 것만 같은 소음, 요새가 뒤흔들리며 성문이 파괴되고 말았다.

"가자!"

검삼치가 고함을 질렀다.

굶주린 야수들이 반란군을 토벌하기 위하여 성문 안으로 뛰어 들어갔다.

"벌써 마스터 퀘스트를 꽤 많이 진행했군."

"그렇습니다, 스승님!"

검치와 검둘치는 먼저 반란군 토벌 퀘스트를 완료했다.

그 이후로 새로운 무기술 스킬을 창조해 낼 수도 있게 되었다.

무기술 스킬이야말로 무궁무진한 가능성이 있었다.

그들은 모든 무기를 다룰 수 있었기에, 그 어떤 무기와 연관된 스킬이라도 창조해 낼 수가 있었던 것이다.

검과 창, 활 스킬만 만들어 내더라도 검치 들은 잘 조합된 군대 이상의 전력을 낼 수 있으리라.

검둘치는 스승이 먼저 무기술 스킬을 만들어 내기를 공손히 기다렸다.

그들은 위드처럼 잘 짜인 계획에 따른다거나, 훗날을 도모

하며 미루지 않았다. 무기술 스킬을 만들 수 있으면 그냥 바로 만들어 내는 게 그들의 스타일!
"나는……."
검치는 바로 결정했다.

검오치는 퀘스트 도중에 여자를 만났다.
국자를 들고 솥단지에 곰탕을 끓이고 있는 여성 요리사!
그녀는 던전으로 가려는 사람들에게 곰탕을 팔고 있었다.
"드셔 보세요. 맛있을 거예요."
고기를 가득 넣은 곰탕을 2실버에 팔고 있는 여성 유저 로젠. 곰탕 그릇은 모라타의 초보 도예가들이 정성껏 만든 것이었다.
"한 그릇 더 주십시오."
검오치는 곰탕을 깨끗하게 비웠다.
로젠은 레벨만 보자면 60을 갓 넘긴 초보였다. 요리사인 만큼 스킬이 중요하지 레벨의 의미는 작았다. 하지만 국밥과 각종 탕 종류에만큼은 일가견이 있었다.
로젠이 활짝 웃으며 곰탕을 한 그릇 더 떠 주었다.
"맛있죠?"
"배고플 때는 뭐든 맛있는 거죠."

"……."

무신경하고 뻣뻣한 검오치의 말투!

"한 그릇 더 주세요."

"또요?"

"배가 고프네요."

검오치는 일곱 그릇을 먹고 던전으로 들어갔다. 그날 이후로 곰탕을 먹으러 매일 나타났다.

"어서 오세요."

"곰탕 두 그릇 주세요."

"고맙습니다. 고기 많이 넣어 드릴게요."

"크흠."

로젠이 장사를 하는 주변에는 사람들이 많이 몰려 있었다.

유명한 던전 주변에는 으레 다 상인들이 몰리지만, 그녀의 요리 솜씨가 좋아서 찾아오는 손님도 많았다.

검오치는 매일 하루에 열세 그릇씩 곰탕을 먹으면서 로젠에게 눈도장을 단단히 찍었다. 그러고 나서 한가할 때에는 가벼운 대화도 나눌 수 있었다. 로젠도 매일 음식을 먹으러 오는 검오치에게 약간의 호감이 갔던 것이다.

"곰탕 좋아하시나 봐요."

"맛있으니까요."

"다른 요리사들이 하는 음식도 맛있는데……."

은근히 자신의 요리가 가장 맛있다고 해 주기를 바라는

눈치!

꺼억!

검오치는 트림을 거하게 하고 대답했다.

"싸고 양이 많아서요."

"다, 다른 이유는 없고요?"

"배 속에 들어가면 다 똑같은데요, 뭐."

로젠은 그래도 붙임성이 있는 여자였다. 또한 항상 깨끗하게 그릇을 비워 주고 던전을 사냥하고 돌아오는 검오치의 무뚝뚝한 모습이 인상 깊었다.

솔직히 검오치가 착용하고 있는 레벨 400대의 장비들이 대단하기도 했다. 그가 식당에 앉아 있으면 다른 손님들이 장비들을 보며 놀라면서 감탄하곤 했던 것이다.

'저렇게 돈도 많은 사람이 2실버인 내 곰탕을 먹으러 매일 올 수는 없어. 나를 좋아하는 거야. 근데 수줍어서 내색을 못 하는 거라고 봐.'

로젠은 검오치가 식사를 할 때마다 친절하게 말을 걸었다.

"저는 아르펜 왕국이 참 좋아요."

"이유가 뭡니까?"

"사람들이 정이 있잖아요. 대성당을 짓기 위해 힘들게 돌을 운반하고 있는데 누군가 저에게 주었던 첫 죽의 맛을 잊지 못하겠어요."

"그래서 요리사가 된 겁니까?"

"네. 저도 사람들에게 맛있는 죽을 끓여 주고 싶었거든요. 그리고 학교에서도 전공이 식품영양학과이구요."

"밥학과 다니시는군요."

"네? 저 식품영양학 전공하는데요?"

"그러니까 그게 밥대잖습니까?"

검오치의 무식함에 로젠은 몸을 떨었다.

"근데 밥대도 전공이 여러 부분으로 나뉩니까?"

"무슨 말씀이세요?"

"한식, 양식, 중식, 일식 같은 거요."

"그게 무슨······."

보통 식품영양학과에 대한 지식이 없다 보면 오해할 만한 부분이 있기도 했다.

영양적으로 균형 잡힌 식단과 식품 신소재 개발, 미생물학, 화학 등 다양한 전문적인 과목들을 배우지만 일반인들의 인식은 거기까지 따라 주지 못했다.

"혹시 밥 자격증도 따 놓은 거 있으십니까?"

"······."

"설거지도 체계적으로 배워서 잘하실 것 같네요."

로젠은 프라이팬과 국자를 들고 검오치를 때리고 싶었다.

TO BE CONTINUED

기어코 무대로

공원동 현대 판타지 장편소설

"관심을 받으면 집중이 잘돼요."
사상 최강의 관종(?) 싱어송라이터가 나타났다!

데뷔 직전 사고로 인해 모든 것을 포기한 도원경
삼 년 뒤, 그에게 기적이 일어났다?

사람들의 시선을 받으면 능력이 발현!

너튜브 영상이 대박 나고
서바이벌 오디션 출연 제의까지?

도원경 사전에 더 이상 포기는 없다!
좌절을 딛고, 『기어코 무대로』!